colección alandar colibrí

Un mismo ocaso

Antonio Malpica

EDELVIVES

Teléfono: 55 1946-0620
Fax: 55 1946-0655
e-mail: info@edelvives.com.mx
e-mail: servicioalcliente@edelvives.com.mx

Dirección editorial:
Flavio Martín Pinaglia
Edición:
Olga Correa Inostroza
Jefe de producción:
Pablo Silva Fernández
Coordinación de producción:
Alma Rosa Regato Mendizábal
Coordinación de diseño:
Luis Eduardo Valdespino Martínez
Ilustración de portada:
Enrique Márquez

Un mismo ocaso
(Colección Alandar Colibrí)

Miembro de la Cámara Nacional de la Industria Editorial Mexicana Registro No. 232

ISBN: 978-607-567-436-0

Impreso en México
Printed in Mexico

1ª edición: 2022

Se terminó la impresión de esta obra en octubre de 2022 en los talleres de Editorial Progreso, S. A. de C. V., Naranjo No. 248, Col. Santa María la Ribera, Alcaldía Cuauhtémoc, C. P. 06400, Ciudad de México.

FICHA PARA BIBLIOTECAS

808.068
M325u 2022
Malpica, Antonio, 1967-, autor
Un mismo ocaso / Antonio Malpica ; — Primera edición. — México : Editorial Edelvives, 2022.
216 p. ; 13 x 21 cm. (Alandar Colibrí. Morada ; 23)

ISBN 978-607-567-436-0

1. Literatura juvenil. 2. Suspenso – Literatura juvenil. 3. Amistad – Literatura juvenil. 4. Libros – Literatura juvenil. 5. Fantasía – Literatura juvenil. I. Título. II. Serie. III. Edelvives.

Para todos aquellos que perdí en el camino.
Que otros caminos nos reúnan otra vez.

Laed corrió hasta que el aire que entraba con fuerza a sus pulmones le quemó como ácido en la garganta, hasta que los muslos le dolieron como si hubiesen sido golpeados por un mazo, hasta que los arañazos en cuello y brazos y cara, que le hacían los árboles al tratar de impedir su carrera, le hicieron saltar la sangre. Hasta que supo que eso que le exigía detenerse era un mandato ulterior, no una pregunta sino una sentencia. Hasta el desmayo definitivo. Hasta el fin de sus fuerzas.

Memorias del reino de las cien dagas,
Leonora Haastings

A aquel hombre de aquel último transporte se le había demandado que no intercambiara una sola palabra con la señora. Y así lo hizo. Una vez que Madam bajó de su montura, ayudada por él, sólo se tocó la orilla del sombrero, hizo un gentil ademán y se alejó llevándose ambos caballos. Eran más o menos las once de la mañana de un día cálido y luminoso. Unas cuantas nubes se aborregaban pegadas a la línea del horizonte, detrás de las montañas que cobijaban, en todas direcciones, aquel insólito lugar en algún rincón del mundo. Madam no llevaba equipaje. Excepto por un par de botellitas de agua al interior de un pequeño bolso con su pasaporte y su teléfono celular, había hecho las últimas tres horas del trayecto sin ninguna otra cosa encima. Había cruzado un continente entero con una sola maleta, misma que se llevaron antes de que ella abandonara el hotel más reciente. Había hecho el penúltimo trecho a media noche sobre un jeep y las últimas tres horas a lomo de caballo. Eran más o menos las once de la mañana cuando al fin arribó a ese punto. Y después de dar un pequeño sorbo a una de las botellitas, recordó las instrucciones precisas.

> *Sólo hay un árbol en el sitio en el que la han de dejar. Colóquese junto a este árbol y busque una pendiente perpendicular. Baje por ella. Comprenderá que no hay sendero alguno, tal y como lo pidió. Irá hallando listones color violeta que le mostrarán la ruta a seguir. Váyalos apartando hasta dar con la casa.*

Con el corazón palpitando, guardó la botellita, caminó hacia el árbol y descubrió el gentil declive que la invitaba a entrar al bosque. Suspiró largamente. Se permitió una sonrisa.

Antes de bajar, Madam miró en derredor. La hierba era verde, húmeda y crecida, con flores silvestres aquí y allá. Millones de insectos la rodeaban con caprichosos dibujos en el aire. Sus sonidos y los de las aves eran los únicos signos de vida en el paraje. El viento era gentil, tal vez demasiado. Ella meditó que en más de siete horas de viaje no había visto a otro ser humano, fuera de aquellos que la llevaron en completo silencio, y que no volvería a ver otro congénere acaso por el resto de sus días. El hombre del jeep, por terregosos caminos, siempre atento, siempre mudo, el penúltimo; el hombre a caballo por sinuosas y agrestes colinas, siempre atento, callado como una tumba, el último. Hurgó en su interior por un poco de melancolía y no halló nada, así que se permitió una nueva sonrisa y caminó en dirección al bosque.

Volvió a detenerse. Confirmó que su teléfono celular seguía sin tener señal. Se preguntó si valdría la pena tirarlo ahí mismo, dejar también eso atrás. Y el pasaporte. Y tal vez las botellitas de plástico, que serían como una afrenta en la nueva casa. Pero se dijo que no lo haría sólo por aquella nimia promesa de la última despedida.

Guarde el pasaporte, Madam. Aunque nadie debiera molestarla, nunca se sabe cuándo va a tener que volver a ser usted.

Y era cierto. Así que devolvió el celular a la bolsa y reprimió la tentación de mirar su ubicación en algún mapa digital y estudiar qué tan lejos estaba del punto exacto que marcaba las coordenadas de la casa. Pero no. Se aproximaría sin hacer trampa, tal y como lo había anticipado. Y no habría discusión al respecto.

Anduvo de frente y se regocijó con la benevolencia de las tenues sombras que la engulleron. El espacio entre los árboles permitía que los haces de luz del sol acariciaran el musgo, la tierra, los arbustos, su piel, su bolso, sus sandalias, su vestido primaveral con estampado de flores, su ligero suéter, su sombrero de palma con una cinta canela, su determinación.

Una ardilla. Un petirrojo. Un *swish* y un *swosh* de viento.

La calma.

La maravillosa calma.

Algo parecido a la felicidad más completa.

Y el primer listón... que delató, a la distancia, el siguiente.

Desanudó esta primera señal de la rama en la que estaba y se la echó al cuello a sabiendas de que sería incapaz de salir de ahí sin esa y las demás pistas, cosa que no le importó sino que la llenó de excitación y dicha.

Y caminó entre una cama de césped y tierra y guijarros y flores blancas hasta el siguiente listón. No lo desató hasta que descubrió, a unos cincuenta metros, el siguiente. Y un canto se quiso alojar en su pecho porque a cada paso se convencía de que no había tenido mejor ocurrencia jamás en la vida.

Veintisiete listones fueron a parar a su cuello como excéntricas bufandas mientras se adentraba en la espesura. Veintisiete hasta que el sonido del riachuelo se hizo presente y, por fin, flanqueada por tres enormes cipreses, apareció.

La casa.

Sólo hasta que llegue, deshágase del celular. Es prácticamente el último favor que le pido.

Y eso hizo. Se detuvo a un lado del cantarino riachuelo y, siguiendo un impulso largamente acariciado, se inclinó y empujó el teléfono a través del agua hasta que el fango lo hizo suyo de forma definitiva. Luego, se permitió una sonrisa de ojos cerrados. Se pasó por la cara la mano mojada. Disfrutó de la frialdad del hermoso líquido y endureció las mejillas. Resopló y se plantó frente a la que sería su próxima morada, desde ese momento y hasta el fin de sus días.

Aquella dama de ojos serenos descubrió que la cabaña era exactamente como la había pedido. Y su corazón se llenó de gratitud.

"Gracias, Daniel", dijo sin emitir sonido alguno. Y resolvió que ese momento era suyo para siempre. Que lo que siguiera podría traer muchas o pocas experiencias, pero ninguna se compararía a esa en la que abrazaba con todo el placer posible la imagen de la felicidad perfecta.

Completamente construida de arcilla, argamasa y madera, la casa de blancas paredes y techo de dos aguas, con conspicua chimenea, terraza, huerto, corral y establo, era idéntica al dibujo que alguna vez esbozara en su oficina, sobre su escritorio, al lado del teclado de su computadora. Los cipreses eran un adorno exquisito y no venían a mal, pero el resto era una calca precisa de su sueño original. El bosque entero cobijaba el santuario y aunque supo que sin dinero y sin la complicidad de su secretario todo aquello hubiera sido imposible, se permitió la ilusión de que estaba predestinada para eso y que todo lo que hizo antes en la vida no significaba sino el trayecto necesario para llegar ahí.

Avanzó y miró de reojo las gallinas en el corral, la vaca en el establo y el huerto pleno de árboles frutales y hortalizas. Empujó la puerta de madera cuyo único cerrojo era un pestillo y entró. La salita de madera lustrosa, la chimenea con leña recién cortada, la estufa en el hueco de la cocina, las ventanas de cortinas anudadas, las flores en el jarrón sobre la mesa del comedor de sólo dos sillas, el quinqué con las cerillas, los cuadros de bucólicos paisajes, la cerámica incidental, todo como ella lo había solicitado. Volvió a susurrar un tímido gracias y subió por las escaleras al piso superior, donde sólo había dos habitaciones, la recámara y la sala de lectura, esta última con una estufa y una pequeña terraza que sobresalía frontalmente de la casa, por debajo del alero que miraba al poniente.

No le apeteció entrar a su cuarto. Sabía, sin necesidad de verificarlo, que ahí estaría ya toda su ropa y todos sus enseres personales. Prefirió ir a la biblioteca y salir al balcón a contemplar el claro, el río, los árboles, el universo. Todo era idéntico a su sueño. Todo maravilloso. Todo ideal.

Y ahí, recargada en la baranda de fierro con ambas manos, se preguntó si valdría la pena volverse silvestre, feral, indómita, si no convendría olvidar que alguna vez fue una persona civilizada, con una cuenta de banco y una dirección de correo electrónico y un nombre en el gran catálogo del mundo. A sus setenta y seis años, con la cabeza llena de canas y la impresión de haber sido una mujer feliz y exitosa, se preguntó si tendría que levantarse a una hora específica o comer tres veces al día o asearse o peinarse o caminar en dos pies. Traicionar esos impulsos humanos que acaso no fueran obligatorios.

Una risa se le escapó, impulsada por un reflejo.

Se volvió hacia la casa y miró, a través de la puerta abierta, hasta la mesita al lado del sillón de lectura.

En sus ojos nació un brillo de concupiscencia mental.

A fin de cuentas, le habían llevado hasta ahí cientos de libros, le habían consentido con sus tres pares de anteojos, dispuestos en sus estuches sobre la mesita, y hasta un retrato de Agatha Christie, su autora favorita, en el único pedazo de pared no ocupado por los libreros.

En realidad, no se veía aullándole a la luna porque no había ido a ese lugar con ese propósito.

Sino con otro muy particular que aún no se atrevía a decir en voz alta.

Pero ya lo haría.

Y consintió en su corazón el beneplácito de quien no tiene nada que perder y sí, en cambio, mucho que ganar.

"Ocurrirá. Lo sé. No puede ser de otra manera".

Se dijo a sí misma en secreto porque no había vuelto sobre esa idea desde que salió de su antigua casa, del otro lado del continente. Y una oleada de optimismo la cobijó con su invisible manto.

Volvió al interior de la cabaña y pasó la mano por una hilera de los cientos de libros que poblaban las paredes de suelo a techo. Bajó las escaleras con cuidado. Se enfrentó al doméstico ambiente de aquel nuevo hogar que ya la reconocía y ya la admitía y se preguntó qué comería, si tal vez un par de huevos del corral o quizás alguna fruta o...

Hasta ese momento advirtió, sobre una pequeña repisa de madera, al lado de la chimenea, una nota junto con una pistola de cañón anaranjado. Era la letra de Daniel, por supuesto, la única persona sobre la faz de la tierra que sabía dónde se encontraba. Y al leerla, pensó que acaso esa fuera la última comunicación que tendría con el mundo.

En realidad... éste sí es el último favor que le pido. Sé que no quiere ser molestada pero nunca se sabe. Si cree necesitar algo, lo que sea, dispare una bengala por la noche, entre las nueve y las diez. El último hombre que la llevó verá la señal y me notificará.

Ojalá dé con aquello que ha ido a buscar. Con cariño. D.

Se dijo que se sentaría en la veranda, sobre la gran mecedora alargada que colgaba de cuatro cadenas, a balancearse suavemente. Y dejaría pasar las horas sin inmutarse, escuchando a las aves, el viento y el río hasta que le diera hambre o hasta que sintiera en su corazón que ya era suficiente de tanta paz y tanta alegría y tanta pereza. Se dijo que era la mujer más afortunada del mundo entero cuando pudo extender las piernas para cortar con ellas un rayo de sol que caía a plomo sobre los tablones de madera.

—No importa lo que estés buscando —dijo Mahib mientras desataba las correas del gruldo que ella montaba al llegar a la aldea—. Lo importante es que has salido a buscarlo.

—No me lo parece tanto —se atrevió a objetar Casilda—. El hombre malo busca cosas malas. El hombre bueno, cosas buenas. No es el viaje sino lo que propicia el viaje.

—Estoy de acuerdo —sonrió Mahib, pues en verdad estaba feliz de volverla a ver—. Pero el viaje se alimenta del propósito que impulsa el corazón del hombre.

Le alborotó los cabellos y le prodigó un largo abrazo.

—Ven, niña mía, debes estar cansada.

La perla dorada, Leonora Haastings

El primer día fue toda una jornada de descubrimientos.

Fue apropiarse de su pequeño universo y constatar que Daniel había hecho impecablemente bien su trabajo. En verdad podría estar ahí por un par de años sin requerir nada de nadie, gracias a las tremendas previsiones que había querido tomar su asombroso agente, secretario y confidente. El almacén posterior, que había quedado oculto a sus ojos cuando llegó a la casa, estaba repleto de granos, cereales, frascos de conservas, costales de harina, herramientas varias. El número de troncos para la chimenea y la estufa, apilados al lado del almacén, superaba todas sus expectativas, sólo tendría que tomarlos para hacerse de un buen fuego cuando lo necesitase. La bomba de mecanismo manual que llevaba agua al piso superior y a la tarja de la cocina era también de fácil manipulación; y el desagüe que corría pegado a la pared para terminar discretamente en un codo del riachuelo era un detalle de extremada finura. La vaca se dejó ordeñar sin ningún problema y el gallo le permitió entrar al gallinero por los huevos sin ponerse demasiado arisco. Los postigos de las ventanas, tanto los interiores como los exteriores, se aseguraban sin ningún problema. Todo parecía funcionar tan precisa y cuidadosamente como el reloj cucú que adornaba la pequeña estancia.

Al segundo día, después de almorzar y asearse un poco en el minúsculo baño de su recámara, por fin se sentó a leer sin prisa en la habitación dispuesta para ello. Tal y como lo había solicitado, el sol no se posaba en esa zona hasta después del mediodía, asunto importante pues siempre había disfrutado más de la lectura por la mañana. Advirtió que las grandes coníferas no permitían al sol importunarla antes de las doce ni después de las cuatro, así que se sentó a leer como si fuese la única actividad que valiera la pena en todo el día. Y se quedó dormida en el gran sillón varias veces, sumida entre las letras, el libro abierto sobre su regazo, el té enfriándose... sin sentirse mal por ello. Sólo se levantó para ir al baño o para tomar una fruta o permitir que el viento le pegara en la cara desde la terraza.

Cuando se acostó esa tercera noche en su santuario, arrullada por los grillos, los sapos y el arroyo, aún no se animaba a decir en voz alta la palabra que la había llevado hasta ahí, pero se quedó dormida con ella en los labios.

Y así, leyó y descansó y se llenó de silencios y se vació de pensamientos.

Para el séptimo día ya había andado por los alrededores lo suficiente como para estar segura de que en verdad se encontraba en medio de la nada. Ni siquiera estaba cerca de ruta alguna de aviación, pues en esa semana ningún sonido que no fuese el de la naturaleza la había acompañado a lo largo de las jornadas, ni en el cielo ni en la tierra ni en su mente. En los claros del bosque, donde podía su mirada alcanzar el horizonte, sus ojos se esmeraban por reconocer, en las faldas de alguna montaña o sobresaliendo de algún valle, una cabaña, una columna de humo, un hato de ovejas, lo que fuese que delatara la presencia de algún congénere... pero nunca tuvo éxito. En cada una de esas ocasiones abrigó un inédito sentimiento de gratitud hacia Daniel y, una vez que se congratulaba en silencio con él, seguía su camino sin más ayuda que la pequeña brújula que éste le había dejado junto con una navaja y otros utensilios similares en el cajón de su cómoda.

En esos paseos en los que se permitía todo tipo de licencias como dormir despatarrada sobre el pasto, caminar semi desnuda o gritar al mundo palabras inventadas, no podía evitar que la asaltaran los recuerdos. Se veía a sí misma sentada en el asiento trasero de un auto de lujo, revisando su agenda, contestando mensajes, corriendo a todos lados.

Y una sensación placentera le recorría todo el cuerpo.

De hecho, fue un recuerdo específico el que le ayudó a darse valor para lo que en realidad había ido a ese punto específico en el mundo.

Recordó cierta mañana en la que debía atender un desayuno con varias personas importantes para revisar una campaña de promoción en la que tendría que viajar a varios países. Por alguna razón, llegó demasiado temprano. La cita era en el ostentoso restaurante de un hotel del centro y se permitió, al descubrir que contaba con más de treinta minutos a su favor, unos instantes de calma. En tal espera, su teléfono sonó un par de veces y deliberadamente no quiso contestar. El lugar estaba a la mitad de su capacidad y ella, manos entrelazadas, respiración pausada, mirada serena, se ocupó de contemplar a los otros comensales, a los candiles en el techo, al ejército de elegantes camareros, a la fina cubertería, a las cortinas corridas para dejar entrar la luz del sol matinal, al hombre en el piano.

Recordó entonces a una pequeña niña pelirroja que parecía no venir a cuento en esa estampa. Disfrazada como un hada —vestidito de tul, mallones blancos, alas de alambre, guirnalda—, correteaba de aquí para allá. Los padres no parecían darle importancia. Ni los meseros. Nadie. Con sus saltos acrobáticos bien podía hacer caer a alguien. O romper algo. O lastimarse. Y, sin embargo, era una aparición, un ángel, un fantasma, pues nadie, excepto ella, posaba sus ojos en la pequeña. Sólo por que una vez la madre de la niña la hizo volver a la mesa para acomodarle la guirnalda y darle un bocado de su desayuno, Madam pudo ubicarla en su tangible universo de gente real, citas de media mañana y notificaciones en el teléfono.

Se recordó sorprendida y sonriendo.

Y recordó también ese momento en particular en el que la niña dio un salto de piernas abiertas y, en la calle, un auto pasó por delante de las ventanas consiguiendo el ángulo específico para que un brillo específico de un rayo de sol específico le pegara a ella en la cara. Recordó las notas de música, sorprendentemente certeras. Recordó que, dos segundos después, la niña había desaparecido por completo, gracias al repentino deslumbramiento y a la música que la transportó y acaso, ¿por qué no?, al aroma del café que ya llegaba a la mesa.

Recordó que sintió un brinco en el corazón como no había sentido en mucho tiempo. Mucho, mucho tiempo, de hecho. Desde aquellos remotos años en los que, en verdad…

…creía.

Fue en uno de esos paseos en torno a su cabaña del fin del mundo que recordó y consintió, al fin, el propósito real de su estancia ahí.

Volvía a través del bosque hacia su pequeña morada cuando se dijo, como cuando recién había arribado, que aquello que había ido a buscar tenía que ocurrir porque no podía ser de ninguna otra manera.

Fue al undécimo día.

O tal vez a las dos semanas de su estancia en aquel sitio.

En realidad no importa porque ya había dejado de contar el paso del tiempo, aunque todas las mañanas, sin falta, daba cuerda al reloj cucú.

Se detuvo, repentinamente, en un promontorio y, recargada en el tronco de un árbol, se atrevió a decirlo en voz alta. Comprendió que se había tardado tanto tiempo en admitirlo porque sentía una extraña vergüenza, como si ya no estuviese para esas cosas y temiera hacer alguna especie de ridículo. Pero fue al duodécimo día, o tal vez a las dos semanas y media, que se dio cuenta de que, si estaba sola en aquel lugar de ensueño, era por una razón y no había vuelta atrás.

Pese a todo, tenía que decirlo en voz alta porque, paradójicamente, se sabía sola y se sabía acompañada. Sabía que sería escuchada.

No podía ser de ninguna otra manera.

—Creo en ti. Sé que existes. Y sé que estás aquí. Por favor… muéstrate.

Un repentino rubor la acometió. Luego, se sintió aliviada… Muy aliviada.

Ni siquiera le preocupó haber hablado en su idioma, en vez de hablar en el del país. Sentía que esa frontera era insignificante en el terreno al que pretendía acceder.

Miró en derredor.

A esa hora los pájaros gorjeaban con intensidad, el viento hacía las veces de heraldo de la noche, las copas de los árboles se estremecían. El sol se posaba en las montañas, fuera de su vista. Y el paisaje se preparaba para perder paulatinamente los colores.

Miró en derredor.

Sabía que había sido escuchada.

Pero no sabía por qué o por quién.

En aquel recuerdo de aquel restaurante de lujo, al igual que muchas otras veces en que la chispa de su corazón se esforzaba por mantenerse encendida, había admitido, libre y concienzuda y razonadamente…

…que creía en la magia del mundo.

Ella, toda una mujer exitosa, con bienes, propiedades, reconocimientos y un nombre en el catálogo de los nombres, a sus setenta y seis años cumplidos había reconocido, varias veces para sí, pero nunca para los demás, que creía en la magia de las cosas, la magia de la tierra, la magia más palpable y más genuina y más verdadera.

La magia.

Y por ello se había detenido a la mitad de ese paseo. Para hacerlo explícito y para ser escuchada.

Se había dirigido a él. O a ella. O a ello. A lo que fuese que quisiera responder. Porque había atravesado todo un continente, había abandonado sus joyas, sus autos y sus casas, sus reconocimientos, su profesión, su nombre... con tal de mostrarse así, pura, indefensa y lista para ser partícipe. Porque en realidad...

...creía.

Y era lo único que pedía antes de marcharse para siempre. Antes de despedirse definitivamente de la vida. Lo único que quería era eso: que la magia del universo la aceptara y la invitara a formar parte de su embrujo. Sólo eso.

En su opinión, no era mucho pedir. Finalmente, se había dedicado toda su vida adulta a alimentar la fantasía en la gente. Y en el posible final de su viaje era que demandaba esa única concesión.

Miró en derredor. Y los colores comenzaron a tornarse opacos. Y la algarabía de aves a apagarse.

Pero nada más ocurrió.

No obstante, ella no se amilanó. Se sintió bien consigo misma y hasta satisfecha de haber cumplido, al fin, ese primer cometido. Antes de volver a ponerse en marcha, insistió:

—Creo en ti. Sé que existes. Muéstrate, por favor.

Era una petición somera, simple, desinteresada. Pero en ella cabía toda una vida y un universo de principio a fin.

No se amilanó al constatar que, aunque había sido

escuchada (porque no podía ser de ninguna otra manera) nada en realidad ocurrió. Y la magia siguió agazapada.

Madam volvió a su casa con el corazón en su lugar y la mente completamente despejada. Sabía que ese sería su mantra a partir de ese día y su único cometido sería estar ahí cuando él, ella, ello, reconociese su presencia y surgiera de la nada para convertirse en su todo. Se preparó una cena muy frugal, se llevó un libro a la cama, se quedó dormida. Y se descubrió flotando en un gentil océano que, aunque sin lugar preciso y sin nombre específico, le acariciaba y transportaba como las manos de esa madre que nunca conoció.

—¿Cómo sabré que el oráculo ha aceptado recibirme, Oriondus? No me han preguntado nada a la entrada del templo.

—No lo sabrás. Lo sentirás, que es cientos de veces mejor.

La muralla, la trampa y el pozo, Leonora Haastings

Fue hasta el momento en que el clima comenzó a cambiar que Madam pensó en su salud. A sus setenta y seis años nunca había tenido afecciones del corazón o de los pulmones o de los huesos. Era una mujer bastante sana, pero también había que entender que la aventura no incluía medicamentos como tampoco incluía aparatos electrónicos u otras intrusiones de la modernidad. A la primera lluvia fuerte de la temporada, misma que la sorprendió lejos de casa, pensó en cómo debería enfrentar una enfermedad, en caso de que ésta se presentase. Y aunque hubiese no querido flaquear de esa manera, la verdad es que, en cuanto traspasó la puerta, sus ojos se posaron sobre la pistola de bengalas para pedir auxilio que le dejó Daniel en aquella repisa.

Llevaba aproximadamente unos cuatro meses en aquel refugio cuando cayó aquella tromba. Ya estaba habituada a una rutina que le permitía deslizarse a través de los días. Pero el aguacero le había calado hasta los huesos y no era una posibilidad tan lejana el que se resfriara o pescara alguna dolencia aún peor.

Se sacudió los malos pensamientos, encendió un fuego en la chimenea y otro en la estufa para calentar agua. Luego, subió a su recámara y cerró todas las ventanas. Se desvistió, se secó y se puso ropa limpia. Al bajar de nueva cuenta, se preparó un té y se sintió automáticamente mejor.

—Es una pena que no quieras venir en este momento —dijo en voz clara y fuerte—. Sería el momento ideal.

Abrazó con ambas manos la taza con la infusión. Del otro lado de aquellos muros, la lluvia crepitaba, los rayos estallaban y los truenos hacían retumbar los cristales. Era una tarde gris, fría, húmeda... y, en su opinión, perfecta para ser visitada.

Miró hacia esa otra silla con la que Daniel le había equipado la mesita del comedor, acaso sólo por no restarle simetría al cuadro, pues no se suponía que comiera nunca con nadie. Pero lo mismo estaba esa otra silla, frente a ella, y Madam miró en esa dirección mientras daba pequeños sorbitos a su reconfortante bebida.

—Estaríamos completamente solos... —insistió, sonriendo con sutileza.

Había adquirido esa costumbre, la de empezar a hablar con aquello que (porque no podía ser de otra manera) la visitaría en algún momento. En su mente, ello, ella, él, ya estaba presente todo el tiempo, sólo que no se animaba a manifestarse.

En lo íntimo de sus pensamientos no quería consentir imágenes prefabricadas. Hadas, duendes, ninfas, espíritus, gnomos, trolls… no quería dar sustancia específica a aquello que, estaba segura, la observaba y escuchaba, porque lo consideraba contraproducente. En el momento en que un par de ojos la sorprendiera desde la espesura o detrás de una silla o desde la sombra, lo sabría. Y la forma física no sería importante.

Lo cierto es que no había cejado en su creencia.

Día con día se levantaba pensando que no debía tardar en ocurrir el milagro. (¿De qué otra forma podía pensar en ello?) Porque día con día se aseguraba de ser fiel a su rutina, a sus diálogos con la nada, a su lectura, a su caminata, a su espera.

En su opinión, no había otra forma de domesticar a los entes mágicos sino mostrándoles que no debían temer nada con ella, que en su cercanía estaban a salvo porque comprenderían, a lo largo de los días, que estaba sola, que no tenía contacto con nadie, que sería incapaz de traicionarles.

Pero esa tarde tampoco ocurrió nada.

Madam, de cualquier modo, no cejaba. Y así como vino el tiempo de lluvias, vino el de los fríos.

Leía sin parar, a veces en voz alta, pegada a la estufa de la sala de lectura. Cerraba los postigos de toda la casa, pero dejaba abierta la puerta de la terraza esperando que aquello, al menos por curiosidad, se acercara.

Los paseos los empezó a espaciar pero no renunció a ellos, del mismo modo que no podía renunciar a la ordeña diaria y el cuidado de la huerta y los pollos. Caminaba bien abrigada por los mismos senderos, siempre hablando con alguna invisible compañía.

"Me encantaría saber si estas setas son comestibles".

“La lluvia de hoy casi es aguanieve, ¿no crees?”.

“Ups, casi caigo allá atrás”.

Una tarde se encontró con un cervatillo y lo consideró una excelente señal de avance, a pesar de llevar ya más de medio año de espera. El tímido animal buscaba hojas tiernas entre los desnudos arbustos. Cuando Madam surgió de entre dos árboles, el hermoso ciervo de pelaje marrón manchado y cuernos de escasa longitud levantó el hocico, olisqueó el aire y se alejó con largas zancadas. Era el animal más grande que ella había visto desde que arribó a su cabaña del fin del mundo. Aves de todo tipo, tejones, ardillas... pero nada de mayor tamaño. Hasta ese día.

Y pensó, con entusiasmo, que ese mínimo cambio significaba algo.

No obstante, el frío se recrudeció y nada ocurrió digno de ser contado.

Se refugiaba constantemente en la lectura. Con la excepción de los libros de la tercera repisa, todos los demás la acompañaban día tras día, noche tras noche. En aquel estante, en cada uno de los libreros de la biblioteca, Daniel había tenido la osadía (aunque no se le podía culpar por motivos de cariño) de haber colocado los únicos libros que había dicho Madam que no deseaba volver a leer nunca. Pese a todo, había decidido conservarlos porque eran parte de su historia. Y porque el hueco afearía espantosamente el cuadro. Pero era imposible no advertirlos, pues se encontraban ahí en todas sus formas, todas sus encuadernaciones, todas sus traducciones. Probablemente eran más de ciento cincuenta, todos alineados en una sola línea en la tercera hilera, justo a la altura de sus ojos. Y Daniel, el muy pillo, supo desde la planeación de la casa que ella no podría dejar de advertirlos. Madam lo consintió sólo porque supo, desde el primer día de su estancia ahí, que él la había desobedecido intencionalmente por puro cariño.

El tiempo más frío, húmedo y oscuro fue bastante llevadero gracias a los lugares y tiempos que podía visitar entre las cientos de miles de páginas que la acompañaban en la biblioteca. Desde los primeros días le sorprendió lo poco que extrañaba las historias en otros formatos, el cine y la televisión. Llegó a pensar que la civilización humana bien habría podido prescindir de todo el entretenimiento si al final sólo se hubiera quedado con los libros. Aun el teatro le llegó a parecer banal. Pero al mismo tiempo admitía que tal vez fueran pensamientos de vieja maniática y que todo en el mundo estaba bien... mientras se quedara en el mundo. Ella estaba en perfecto estado ahí, sola, con su mente y sus miles de páginas.

Cada vez con más frecuencia leía en voz alta, abrigando la esperanza, naturalmente, de ser escuchada e interpelada.

Así leyó a Dickens y a Austen y a Sterne, alternando los episodios de lectura en silencio con los de lectura compartida. Llegó a dejar finales deliberadamente en suspenso con la intención de que su escucha le recriminara su falta de consideración.

Sin embargo, pasaron los fríos y ella siguió tan sola como cuando había llegado.

Desde luego, hablaba con Emily, la vaca. Y con los pollos, a quienes también había puesto nombres. Con una que otra planta. Y claro, con su amigo o amiga imaginario tratando de no denotar ninguna pesadumbre. Pero ninguno le respondía.

Y era cierto que luchaba, interiormente, con una suerte de abatimiento.

Fue un alivio que el invierno no fuese tan prolongado y que la primavera asaltara la cabaña con un estallido de cantos y colores. Se esmeraba por tener todo el tiempo flores en la mesa como si fuese a recibir pronto una visita y adquirió la rutina de alimentar a las aves justo debajo de una de las ventanas para que no dejaran de visitarla todos los días. Diariamente se acicalaba y nunca dejó un solo día de preparar algo que diera gusto llevarse a la boca. Todo el tiempo abría las ventanas y canturreaba al hacer la limpieza.

Una vez la visitó una garza, que se posó en la barandilla de la terraza. Otra, una lechuza gris, quien incluso entró a la biblioteca por breves instantes. Cierto día escuchó a la distancia el aullido de un lobo. ¿O tal vez fuera un perro? No tardó en sorprenderse de lo mucho que estaba atenta a los sonidos del mundo y a cualquier cambio en el panorama de su cotidianidad. Aquel día que entró la lechuza en la casa resaltó en su semana de mañanas y tardes quietas como el más importante de los sucesos porque días después seguía pensando en ello.

Llegó a preguntarse si la placidez de su vida no sería, en cierto modo, execrable. Ella que, en otros tiempos había tenido una agenda tan ocupada, que lo mismo hablaba por teléfono con alguien del otro lado del océano al tiempo que se dirigía a una junta y tecleaba en su computadora portátil. Ella que había estado en las primeras planas de algunos diarios culturales del mundo y que llegó a ser felicitada hasta por jefes de estado. Ella. Ahora se maravillaba durante días por la visita de un búho.

Llegó a preguntarse si no estaría cometiendo una especie de crimen por omisión al no estar, como antaño, pasando horas y horas frente a la computadora.

Su única salida ante tales cuestionamientos era que no podía negar sus sentimientos a flor de piel, aquellos que la hacían sentir contenta y en paz consigo misma.

Pero no podía negar que luchaba contra cierto abatimiento.

Acaso su diálogo más común con la nada era uno que casi era un reproche. Y que lo mismo soltaba pastoreando a la vaca o sacudiendo la casa o lavando en el río.

—Estoy segura de que ya debes haber confirmado que soy completamente de fiar. No debes tener ningún miedo. Acércate, por favor.

Nunca había sido una mujer religiosa. Pero en los momentos más críticos de soledad sentía la tentación de dirigirse a una instancia superior, un alguien que tal vez podría estarla viendo desde otro plano y quizá se compadecería de ella. En su mente admitía pensamientos en los que pedía a esa entidad una muestra pequeñísima de que no se había equivocado en su decisión de aislamiento, de que la magia era posible, que no lo revelaría a nadie, que no iría con el chisme, que una mínima prueba bastaría y… y…

Al final esa plegaria se quedaba siempre encerrada en ella misma. Porque en el fondo creía que esa hada, ese unicornio, ese fauno, ese espíritu que se resistía todavía a visitarla, no dependía de ninguna fuerza divina, que la magia existía por sí misma, y que sólo era cuestión de ser receptivo, mostrarse fiable, esperar.

Esperar.

Esperar.

—Nadie puede querer tanto.

—Ponme a prueba, Lyn.

—No lo dices en serio.

—Por los dioses que sí. Pídeme lo que sea, excepto la muerte.

—Corta tu meñique izquierdo. ¡Oh, Dorle, no hablaba en serio! ¡Yudi, ve por mi padre, pronto!

Saga de la tierra olvidada – “La noche púrpura”,
Leonora Haastings

Un día entre los días, Madam dejó de hablar, incluso con los animales.

Por costumbre desechaba los pensamientos ominosos, pero igual habría tenido que admitir el primer día de su mutismo que estaba desilusionada, que había renunciado a la posibilidad de sostener un diálogo con algo o alguien.

Ocurrió sin previo aviso y sin ningún tipo de artificio. Estaba sentada en un claro del bosque, llenándose los pulmones del viento fresco que bajaba de las montañas, recargada contra un enorme fresno, deshacía entre sus manos pequeños terrones de barro seco. Un abejorro revoloteó cerca de su cara unos instantes para terminar yéndose a toda prisa. Era un día soleado, de esos en los que parece no avanzar el tiempo. Un día entre los días. Y Madam abrió los labios para decir, como en otras ocasiones:

—¿No te parece que ya nos hace falta un poco de lluvia?

Se sintió estúpida. Miserable y estúpida. Fue un relámpago de sentimiento que no quiso cobijar en su corazón, pero era indudable que había pasado a través de ella. Así que arrojó lejos el terrón que tenía entre las manos. Y se quedó callada. Callada para el resto del día. Y de la semana. Y del breve porvenir que había dejado de ocupar un lugar en su mente porque ya no tenía noción de ningún calendario.

Estaba decidida a no abandonar su cabaña en el bosque, pero tampoco quería sentirse todo el tiempo menospreciada. Si algo o alguien deseaba comunicarse con ella, estaría atenta, y dispuesta a responder, pero ya no tomaría ninguna iniciativa.

Así, se volvió silente y meditabunda.

Si hubiese sido totalmente honesta consigo misma habría admitido que ya no cobijaba esperanzas de ser partícipe de ninguna magia.

¿Se había desanimado demasiado pronto?

Tal vez. Pero estaba convencida de que él, ella, ello, lo que fuese, no tenía excusa para no haber respondido ya a ninguna de sus invitaciones. A veces, incluso había repetido sus desesperadas frases en el idioma local. Estaba segura de que había demostrado ser fiable e inofensiva, así que el rechazo tenía que deberse a cualquier otra cosa que escapaba a su voluntad. Decidió no hacerse mala sangre y continuar con su vida como si ya no fuese importante aquello a lo que había acudido a ese confín del mundo.

Interiormente se vanagloriaba de no haber dejado de creer en la magia. En realidad, sólo había dejado de creer en su propio lugar en ésta, aunque aquello, desde luego, le rompiera el corazón con más fuerza, pues sabía que por algún motivo no había pasado la prueba para formar parte. Era triste pero no tenía remedio.

Siguió con su vida como antes pero sin abrir la boca para nada. Daba palmaditas a Emily y hacía ruiditos con la boca para avisar a Gustav, el gallo, que entraría al gallinero, pero eso era todo. Muy de vez en cuando se le escapaba un quejido o un suspiro, pero ahora no tenían ningún destinatario.

Y leía, naturalmente. Leía como si la vida le fuera en ello. Los incontables clásicos que había pedido que no faltaran, pero también otros volúmenes que eran más contemporáneos y que no dejaban de sorprenderla porque eran una selección curada por el propio Daniel. Leía sin tregua. Leía con ahínco. Leía incansablemente.

Y avanzaba a través de los días como si fuese una barca a la deriva.

Volvió a ver algunos cervatillos que siempre la rehuían y aves mayores que le hacían sentir menos sola, pero día a día iba mermando su esperanza.

Una noche de viento fuerte en el que la mecedora del porche golpeaba contra las paredes y los postigos se azotaban, sintió verdadero miedo. Se levantó de su cama a asegurar las ventanas y quiso recuperar el sueño, pero el ulular de los chiflones entre las ramas de los árboles era algo imposible de ignorar. Pensó en la posibilidad de que se tratara de una especie de tornado. Su cabaña no tenía refugio en la tierra; si el inclemente torbellino se decidía a azotar su casa hasta reducirla a escombros, ella moriría de la peor manera. Tal vez jamás encontrarían su cuerpo. Sintió el suficiente miedo como para correr a la planta baja y tomar la pistola de bengalas del sitio en el que la había hallado el primer día. Estaba temblando. Seguro al salir no podría accionar el gatillo, tendría que detonarla desde dentro, aunque probablemente el tiro saliera sesgado y…

Se derrumbó en el suelo y se echó a llorar. Sabía que con tan simple acto de desesperación renunciaría a los meses postreros de feliz aislamiento que había vivido en ese lugar. Sería como darse por vencida. Se abrazó a sí misma sentada en el suelo, escuchando cómo el viento seguía golpeándolo todo, como un ciclón en tierra.

A la media hora, aproximadamente, la casa dejó de cimbrarse y todo se apaciguó. En el momento mismo en el que se dio cuenta de que el bosque se encontraba de nuevo en silencio, dejó de apretar los músculos y se rindió al cansancio ahí mismo, a los pies del mueble donde guardaba los platos.

Se quedó dormida al instante.

Curiosamente soñó con Dorle, ese chico grinés que había surcado el océano en una enclenque barca. Soñó su regreso, años después, ya hecho un hombre cubierto de tatuajes y cicatrices. Lo vio ondear su largo cabello al bajar del navío que lo regresó a Grindal. Lo vio derramar lágrimas al mirar de frente a Lyn, también ya hecha una mujer. Se despertó llorando. Llorando y repitiéndose a sí misma que no volvería a flaquear, así la consumieran los elementos, así el mundo se rebelara en su contra, así la tierra la rechazara como semilla infértil y empedernida, no flaquearía, no volvería a abrigar dudas, no cejaría en su decisión.

Esa mañana una nueva paz la invadió, la paz que concede la aceptación del propio destino. Se recordó a sí misma que tenía setenta y siete años ahora, que había sido una mujer exitosa, que había viajado por todo el globo terráqueo, que había amado y había sido amada, que no tenía nada que demostrarle a nadie, ni siquiera a sí misma. Que era perfectamente capaz de vivir ahí y aprender a ser feliz por siempre, aunque su "siempre" fueran apenas unos años en el horizonte.

Para su fortuna, nada en su mundo cambió en realidad. El viento feroz no había movido de lugar ni una sola rama. Todo había sido una pesadilla magnificada por sus propios miedos.

Fue así como le volvió la sonrisa a la cara. Y que volvió a canturrear y a concederle palabras cariñosas a Emily, a los pollos y a la vegetación que la rodeaba. A los gorriones y petirrojos que acudían a su ventana. A uno que otro visitante ocasional, incluyendo a las ardillas que le robaban del huerto.

Y fue así que Madam se dio a la tarea de vivir sin expectativas, pero tampoco sin esperanza alguna, que después de todo tenía la vida entera por delante. Quizá, sí, una vida sin más emociones que las que le proporcionaban sus libros, pero no por ello menos placentera. Pensó que ojalá fuesen eternos sus animales, sus hortalizas, sus provisiones, porque repentinamente tuvo deseos de vivir ciento cincuenta años de ser posible.

No abandonó ninguna de sus rutinas y empezó a acometerlas con mucho mejor ánimo. Siguió aseándose y poniendo flores en la mesa, preparando platillos que le despertaran fácilmente el apetito, haciendo caminatas que le llenaran de vigor y leyendo sin pensar en ninguna obligación de cerrar el libro a una hora específica. Acarició la idea de hacerse de una mascota, tal vez intentar capturar algún conejo o domesticar una zorra por mucho que pareciera el lugar más común de la literatura. Se sentía cada día más optimista y menos dispuesta a cuestionar su lugar en aquel paraje que con tanta ilusión había dispuesto para sí misma.

Con cada vez más frecuencia admitía que acaso el mundo le estuviera dando una lección, una de esas de libro inspiracional donde el único y principal mensaje fuese que no hay más magia que la de la madre naturaleza y esa misma debe bastarnos para ser felices. Que ya es suficientemente prodigioso el aletear de un colibrí o el aroma de una gardenia como para andar anhelando complementos fantásticos. Que algo tan simple como la paleta de colores del atardecer o la perenne música del riachuelo tienen la suficiente magia como para no necesitar nada más.

Admitía en su mente que se colaran tales planteamientos de persona cuerda y con los pies bien plantados en la tierra, pero secretamente los repudiaba. En el núcleo más interno de todas sus reflexiones siempre se mantenía viva la llama de una posibilidad, la de ser contradicha por ese suceso que, quién sabe, tal vez en un mes, o en un año, o en un lustro, la haría colmarse de dicha y decir, para sus adentros: "siempre supe que tenía razón".

Transcurrieron los días. Y antes de que comenzara a menguar nuevamente el clima, antes de que iniciaran las señales de que pronto cumpliría un año en aquel extraordinario hogar, se descubrió plena y completamente feliz. Fue una tarde en que dispuso todo para su final de día, leyendo y comiendo galletitas recién horneadas y dando minúsculas probaditas al té que, invariablemente, siempre se le enfriaba, y levantando la vista de vez en cuando sólo para llenarse los ojos del verde follaje que la saludaba desde la terraza, los últimos rayos del sol, la brisa refrescante.

Fue un momento entre dos párrafos de un libro de Jack London que se preguntó en qué otro lugar del mundo le gustaría estar si pudiera conseguirlo sólo con desearlo. Qué otros aromas le gustaría estar aspirando. Qué otra vista le gustaría tener frente a sí. Se respondió que estaba justo donde quería estar y experimentando las sensaciones que deseaba experimentar.

Era cierto que había llegado ahí buscando algo, era cierto que sus motivaciones habían sido diversas, pero ahora no importaba en lo absoluto. Se tenía a sí misma. Y a su cabaña. Y el tiempo por delante.

Reconoció que era un sentimiento inédito, casi como un regalo que le llegaba desde algún otro lugar, pues se había sentado en ese mismo sillón cientos de veces y había suspendido su lectura para mirar hacia el frente otras miles más. Había degustado el té y las galletas y el clima y la tarde muriendo como una repetición obligada de otras jornadas. Imposible decir qué es lo que hacía tan especial a esa tarde, ese instante exacto, esa inhalación, esa exhalación. Imposible decirlo. Al menos en ese momento preciso. Ya lo haría después, cuando su memoria la llevara justo a ese segundo en que se supo la mujer más dichosa sobre la tierra entre dos párrafos de un libro de Jack London.

Furia ingresó en la cueva con el corazón en la garganta. Sabía que una vez traspasado aquel umbral no habría vuelta atrás, sabía que en cuanto la engulleran las sombras estaría estableciendo un adiós definitivo, un fin a su infancia, a su reino, a su gente. Tuvo miedo, mucho miedo, pero sus pies no dejaron de moverse.

La luz se extinguió poco a poco hasta que dejó de iluminarla, sus manos se desdibujaron por completo, el único sonido era el de su respiración.

Quiso palpar la pared de la cueva y sólo halló un enorme vacío. Giró el cuello y advirtió que la oscuridad era completa, que no hallaría la entrada de la gruta así se lo propusiera. Comprendió que había perdido por completo la orientación y estaba a merced de su suerte.

En su memoria surgió otra cueva, una de otro tiempo y otra vida, cuando la aventura era de un carácter más pueril. Sus manos aferrando el hombro del chico de adelante, su hombro siendo aferrado por la mano de la chica detrás. El miedo salpicado de risas.

Esto era distinto. Muy distinto.

"Luz de mis ancestros, guíame en esta prueba", susurró con poca convicción.

Siguió andando, procurando siempre caminar en una misma dirección, hacia la profundidad más absoluta.

Entonces, su corazón dio un brinco.

—¡Furia!

Se escuchó en algún remoto lugar.

—¡Furia! ¡Por aquí!

Alguien la llamaba por su nombre. Y por primera vez desde que abandonó el Valle, muchas lunas atrás, Furia se permitió abrigar un verdadero regocijo en su corazón.

Las hijas del fuego, Leonora Haastings

¿Era la primera vez que pernoctaba en la biblioteca? Lo pensó por varios minutos y resolvió que sí, que era la primera vez. No podía traicionarla su memoria respecto a algo tan significativo, así que decretó que ese sueño tan profundo y carente de sobresaltos sólo podía deberse a la sensación de insólita placidez y confianza que la asaltó la tarde anterior. Se levantó sintiéndose como nueva. Y su primer impulso, con las luces del alba anunciándose, después de devolver el ejemplar de Jack London al librero, fue ir a la terraza y esperar a que la mañana fuera patente. Se recargó en la balaustrada y puso toda su atención en el avance de la luz en el cielo, en los árboles, en el río, en las cosas...

Entonces la sacudió un sonido que provenía de la espesura.

De forma inmediata respondió su corazón. ¿Era posible que...?

Aguardó. Tal vez fuera su imaginación.

Aguzó el oído y se acabó de convencer.

Pasos. Pasos apresurados. Alguien corriendo en esa dirección.

El temor, ese viejo conocido que creyó haber dejado en su otra vida, se hizo presente al instante, depositándose con afiladas uñas en sus entrañas.

¿Quién podría ser?

Pasos. Uno tras otro y a un ritmo constante.

Se intentó tranquilizar pensando que tal vez se trataba de algún animal. Un oso, tal vez.

No. Era imposible.

Ningún animal produciría un sonido como aquel.

Pensó enseguida que no tenía nada para defenderse. Por primera vez se arrepintió de no haber tomado ninguna precaución. Recordó la existencia de la gente mala en todos los rincones del planeta. Sopesó sus posibilidades.

Decidió que el mejor sitio para confrontar a quienquiera que estuviese llegando sería justo ahí, en la terraza, dominando la escena. Acaso podría mentirle al forastero y decir desde el piso superior que su marido y su hijo se encontraban de cacería, que era una lástima no poder recibirle, que...

Del otro lado del arroyo surgió entonces una figura cuyo rostro se encontraba medianamente cubierto por una capucha. Llevaba una mochila a la espalda, jeans, chamarra azul y botas grandes de minero. Quienquiera que fuese no parecía muy alto o muy fuerte, pero el simple detalle del rostro medianamente encubierto no era un detalle muy alentador. El visitante se detuvo en seco en cuanto descubrió la casa que se le aparecía a mitad de la nada. Y sus ojos dieron enseguida con los de Madam. Su pecho se agitaba con violencia, era evidente que se detenía después de una larga carrera.

Entró al arroyo y, de dos zancadas, lo atravesó para llegar del otro lado, con las manos en las correas de su mochila.

—¡Oiga! ¡Escúcheme! ¡Necesito esconderme! —gritó a aquella señora que la observaba con curiosidad y extrañeza. Su pecho continuaba agitándose y, alternativamente, miraba en todas direcciones.

Madam asumió, por la agudeza de su voz, que se trataba de un chico, mas no se decidió a responder de inmediato; tanto tiempo sin hablar con alguien le había encadenado las palabras.

Aquel muchacho, aún dando bocanadas, se irguió y se obligó a identificar un sonido específico entre todos los sonidos del bosque. Estaba claro que la angustia lo dominaba y que esos breves segundos de pie frente a la anciana del balcón le parecían una eternidad.

Madam miró en lontananza, temerosa. ¿Quién vendría siguiendo a aquel muchacho? De entre todas las posibilidades de contacto con alguien, ésta le parecía la peor, enfrentar a un fugitivo, con toda seguridad, de la justicia. Titubeó. Estaba a punto de decirle que siguiera su camino cuando aquel muchacho, desesperado, fue a una de las ventanas de la cabaña y se coló al interior.

Madam se quedó de una pieza. ¡Vaya manera de romper con su santa paz! Pensó en bajar al instante pero se quedó unos segundos más, mirando hacia el bosque en busca de alguna señal de los perseguidores del muchacho. Nada perturbaba la tranquilidad del paisaje.

Escuchó un estrépito de trastos al interior de la casa y se apresuró a bajar. Agradeció a la fortuna el haberse dormido con ropa; de haber estado en piyama o en bata de dormir se habría sentido más indefensa.

Los ruidos del muchacho acomodándose a la fuerza al interior del mueble donde guardaba la loza delataron su escondite, pero Madam no quiso confrontarlo todavía. Se detuvo a unos pasos y aguardó con la mirada puesta en la ventana por la que se había colado el intruso. Sintió que en cualquier momento aparecerían un montón de policías haciendo preguntas incómodas y pidiendo permiso para hurgar en la cabaña. Agradeció de nueva cuenta al cielo, al destino o a su suerte, el todavía contar con su pasaporte, en caso de tener que identificarse.

Se acercó a la ventana y miró al punto exacto por el que había aparecido el muchacho. Dejó pasar varios minutos escudriñando los árboles, las confusas sombras entre las ramas y el follaje, el movimiento causado por el aire o el andar del sol. Al cabo de un buen rato, se animó a acercarse al trinchador. Se puso en cuclillas y golpeó en la portezuela sutilmente con sus nudillos.

—¿Quién te viene siguiendo? —dijo en el idioma del país, que afortunadamente hablaba con fluidez.

—No me delate o se arrepentirá —respondió aquel desde el interior del mueble.

—Tranquilízate. No viene nadie.

Madam se incorporó pues le dolieron las rodillas al instante. Y se preocupó de nueva cuenta.

—Oye… no quiero problemas.

Madam volvió a la ventana. Trató de aguzar la vista y el oído.

—¿Son gente peligrosa?

No obtuvo respuesta, así que insistió.

—¿Me oíste? Te pregunté si son gente peligrosa.

—¡Cuando vengan, más le vale no delatarme!

Miró Madam su puerta sin cerrojo y se sintió como si la hubieran arrancado del mundo de los cuentos de hadas para arrojarla a la cruda realidad. Tragó saliva y siguió esperando, esta vez, sentada frente a la ventana.

Cuando el cucú marcó la hora, se dijo que, pese a todo, tenía que atender a sus animales, y que si llegaban los perseguidores del chico mientras ella estaba en sus labores, sería incluso mejor, pues la imagen que ofrecería sería más cotidiana y podría negar su presencia. Así que descolgó el delantal del clavo de la entrada, se lo puso, se anudó una pañoleta y abandonó la casa. Ya tendría modo de pedirle a ese muchacho más tarde que siguiera su camino. Incluso abrigaba la esperanza de que, al volver de sus labores, éste ya se hubiera marchado.

Pero no fue así. Una vez que volvió con la cubeta de leche, los huevos, una cebolla y un par de tomates, llamó a la puerta del trinchador.

—¿Sigues ahí?

—Sí.

—Tal vez hayan seguido de largo.

—Me iré en cuanto oscurezca, se lo prometo.

Madam resopló y trató de decidir qué sería lo más conveniente. De todas las formas en las que le hubiera gustado ser despertada de su fantasía azucarada, esta le parecía la peor, teniendo que enfrentar a alguien que, con toda seguridad, se presentaría de forma violenta. Pero ningún cambio se revelaba en el quieto paisaje de los alrededores. Ni un sonido, ni una imagen, todo como siempre.

—Prepararé el desayuno —dijo en voz alta, preguntándose si lo había dicho para sí misma o para el fugitivo, quien tal vez ni siquiera deseaba comer alimento alguno.

Preparó cinco huevos en la sartén, sazonándolos con un poco de cebolla, tomate verde y especias. Calentó té. Luego, desenvolvió el pan que había cocinado un par de días atrás y cortó varias hogazas. Dispuso la mesa, pensando en lo increíble que le hubiera parecido el día anterior imaginarse desayunando acompañada. Se sentó en la silla de siempre, confrontando aquella otra que, desde el primer día, había estado vacía todo el tiempo, pese a haber deseado con todas sus fuerzas ver ocupada.

—Ven a comer algo —dijo fuerte y claro sin recibir respuesta. Insistió—: Por el momento sólo somos tú y yo. Si alguien viene lo oiremos acercarse.

Nada. Se puso de pie y corrió las cortinas.

—Cerré las cortinas. Cualquier persona que venga llamará a la puerta antes de intentar derribarla, por muy salvaje que sea. En ese caso, puedes volver a tu escondite. No te delataré, te lo prometo.

Volvió a la mesa y aguardó. Pasaron unos cuantos segundos antes de que la puerta del mueble se abriera. Apareció una pierna que se desdoblaba y extendía hacia la duela. Madam observó de reojo cómo aquel cuerpo se desenroscaba para abandonar su guarida. Sirvió el té en sendas tazas sin poner demasiado la vista en aquel visitante mientras se incorporaba.

No quería ser muy intrusiva, pero aún mirando de soslayo se encontró con la primera sorpresa. No se trataba de un chico sino de una chica. La capucha de la chamarra estaba echada hacia atrás y ella se mostró tal cual era. Cabello corto, ojos vivaces, pecas alrededor de la nariz. No muy alta, a lo más catorce o quince años, senos pequeños, nada de caderas. Mal talante.

—Más te vale que no hayas roto nada.

La chica se sentó en la silla vacía y lo primero que hizo fue dar una mordida al pan.

—¿Quién te persigue?

La muchacha receló con la mirada. Dio otra mordida al pan y un sorbo al té. Escudriñó fugazmente el lugar.

—¿Quién te persigue y por qué?

—Le juro que no hice nada malo, abuela.

Madam fijó la vista en las manos de la chica, con evidentes raspones.

—¿Estás bien? ¿No estás lastimada?

—Estoy bien. Y me iré en cuanto haya oscuridad, se lo prometo.

Un ruido proveniente del piso superior obligó a ambas a quedarse quietas.

—¿Quién más vive con usted? —preguntó la chica.

—Nadie. Yo…

Volvió a escucharse el ruido.

Demasiado rápido como para poder reaccionar, Madam la vio incorporarse y tomar el cuchillo con el que había cortado el pan. La muchacha se aproximó a las escaleras y, con sigilo, comenzó a subirlas paso a paso hasta que desapareció de la vista de su anfitriona.

Madam tuvo que reconocer consigo misma que la había dejado avanzar porque sintió miedo. ¿Y si aquellos que iban en pos de ella se las habían ingeniado para entrar a la casa? Se puso de pie y se acercó a la escalera. La chica había conseguido subir hasta la mitad; desde el rellano donde torcía la escalera, distendió el cuerpo.

—¿Esa lechuza es suya?

—¿Lechuza?

Madam se acercó más y vio al ave que alguna vez la visitara, posada en la mesita que tenía puesta entre su habitación y la biblioteca. No bien pudieron mirarse a los ojos y la grisácea ave emprendió el vuelo para marcharse por donde había entrado, la puerta de la terraza, aunque de manera oculta a los ojos de ellas. Madam se preguntó por qué le pareció afortunado que la chica no hubiese entrado a la biblioteca, como si ésta ocultase algún vergonzoso secreto. Estando así de cerca, aprovechó para mirarla con más atención y no notó nada de qué preocuparse. Tal vez sólo era una chica huyendo de sus padres.

Ambas bajaron, más tranquilas, como si el episodio hubiese servido para relajar la tensión.

—Tienes que contarme quién te persigue.

La recién llegada ya no se mostraba tan hosca, pero conservó el cuchillo en la mano hasta que volvió a la mesa.

—Dígame la verdad, ¿vive sola aquí?

—Sí. Ahora tu turno, ¿es la policía quien anda tras de ti?

La chica no contestó. Comió del plato de desayuno hasta que lo terminó y, tal vez acicateada por el silencio, levantó los ojos y espetó:

—Se lo juro. Nada más le pido que me deje estar hasta la noche. Luego me iré.

Se levantó y apuró el té, como si tuviese prisa, a pesar de haber pedido apenas que la dejara quedarse.

—Al menos dime cómo te llamas —se le ocurrió preguntar a Madam.

Todavía estaban saliendo de su boca las palabras y ya se había arrepentido. ¿Qué caso tenía, después de todo, saber su nombre? Reconoció que comenzaba a sentir una extraña simpatía por esa chica fuerte y decidida, aunque eso seguramente se debía a los extensos días de soledad que había vivido. No tenía ni idea de quién podría ser, si había robado o asesinado a alguien, si era peligrosa o digna de confianza, así que saber el nombre no le haría ningún bien. Sin embargo, todo su cuerpo se sacudió cuando la chica le respondió. Y pensó de inmediato si la sola pregunta no había sido comandada por alguna especie de mano divina.

—Furia —respondió la chica, torciendo la boca y plantando bien el cuerpo.

Aún no volvía al interior del mueble cuando ya se preguntaba por qué le había dado su nombre secreto a aquella anciana, ese que le gustaba imaginar que le habían dado sus padres antes de morir, ese que sólo había revelado a una sola persona en el mundo.

Madam la miró con desencanto pues la chica no tuvo la misma cortesía de preguntarle su nombre.

"Furia", pensó con desagrado, a sabiendas de que se trataba de un nombre imposible.

Y una memoria específica quiso abrirse paso entre sus recuerdos, sin éxito… Pero ya lo haría.

Se quedó Madam contemplando el mueble por un largo rato, antes de animarse a subir a la terraza y estudiar el bosque desde ahí. Por primera vez desde que llegó a aquella casa cerró la biblioteca y echó seguro. Volvió a sentir que era una gran fortuna que aquella extraña visitante no hubiese llegado hasta ahí. Creyó saber la razón al contemplar los libros de la tercera repisa de la larga estantería, pero en realidad era por otra cosa. No lo sabría hasta mucho después. En ese momento era completamente ciega a esa poderosa razón, encerrada sin remedio en la vasta biblioteca.

—Me has tendido la mano, pese a que somos enemigos, Arthur.

—Tú habrías hecho lo mismo por mí.

—Honraré esa imagen que tienes de mi persona hasta el último de mis días, te lo prometo.

Sin alma, Leonora Haastings

Durante el tiempo en que Iris se mantuvo oculta, pensó solamente en Ángela. Habían pactado encontrarse en el árbol del ahorcado esa misma noche y no podía fallarle, así tuviera que correr el riesgo de ser encontrada por Don Fabio y sus hombres. Ni siquiera reparó en su cansancio o en lo mucho que le dolían las piernas. Prefirió seguir con la cabeza fría. Mientras contaba los minutos y, posteriormente las horas, sólo pensaba en correr al viejo roble, esperar a Ángela, tomarla de la mano y escapar sin mirar atrás.

La señora le llevó agua y algo de fruta. Ella agradeció parcamente y dormitó hasta el momento en que la anciana le avisó que ya la noche se anunciaba. Entonces salió y volvió a cubrirse la cabeza con la capucha de la chamarra.

—Lamento haberla molestado.

—No fue molestia. Me gustó tener compañía. O algo similar.

Iris hizo una mueca que pretendía ser una sonrisa, aunque Madam no la pudo ver. En vez de estrecharle la mano a la anciana, hizo una venia y abandonó la casa a toda prisa.

Madam la contempló alejarse desde el dintel de la puerta haciéndose un millón de preguntas. Lo último que recordaba, antes de que llegara aquella furia, era un sentimiento de paz y gratitud completamente novedoso. Había despertado con el corazón rebosante de júbilo; acto seguido, pasos, sorpresas, remoción de sentimientos. Se dijo que aquello había terminado y que era buen momento para retomar su vida en donde la había dejado. Volvió a la cabaña sin pesar alguno en su corazón.

Iris, en cambio, no hallaba consuelo en sus pasos. Recordaba que, en cuanto pudo abandonar aquella zanja en la que cayó, un frenesí la invadió por no ser capturada, a pesar de que sabía que no debían notar su ausencia hasta pasadas las diez de la mañana. Y ella salió de la hacienda durante la noche. Con todo, el plan seguía en curso: nadie había dado con ella y Ángela todavía podía unírsele. Para fines prácticos se mantenía el programa ideado por ambas. En cuanto estuvieran juntas, la libertad sería un hecho, no una promesa.

No tardó en darse cuenta de que sus pasos no la llevaban al árbol del ahorcado, a pesar de ir en la dirección correcta. Estaba segura de que nunca había virado el rumbo, siempre el noreste, siempre el noreste. Volvió a tomar su brújula para cerciorarse. Era correcto. Se preocupó. Sabía que ya había avanzado más de tres kilómetros en esa dirección. Y, según recordaba, después del llano de las cuevas, el nudoso árbol no estaba a más de un kilómetro. Lo sabía. Lo recordaba. La caída en la zanja podía haberla desorientado, ciertamente, pero... pero...

Se detuvo. Con toda seguridad que se trataba de una imprevista confusión. ¿No había sido una novedad la cabaña aquella en medio del bosque? Totalmente. Eso sólo podía significar que había caminado en otra dirección sin darse cuenta. Que ella recordara, nadie en el pueblo conocía esa casa o a esa persona.

Prefirió no llevar sus pensamientos por senderos que sólo prometían nuevos desconciertos. Se detuvo. Una sutil niebla comenzaba a formarse entre los árboles. Tendría que volver sobre sus pasos. Miró la brújula y rectificó hacia el suroeste para retomar camino desde el último punto de partida conocido.

Ya era noche cerrada cuando tuvo frente a sí aquellos tres cipreses aledaños a la cabaña.

¿Hacia dónde debía andar ahora?

Sólo se le ocurrió una solución.

Al llamar a la puerta se descubrió la cara. Maldijo su suerte. Forzó una sonrisa.

—¿Prefieres pasar la noche aquí?

—¡Nooo! —dijo ella, casi ofendida—. Necesito saber qué dirección debo tomar para llegar a un risco con tres cuevas.

—¿Cómo dices?

Iris se molestó. Odió tener que repetirlo. Odió a Madam por ser vieja y no escuchar con precisión. Echó los ojos al cielo y volvió a preguntar.

—No lejos de aquí está un risco en el que hay tres cuevas no muy profundas. Seguro lo conoce.

Madam hizo memoria. Y aunque algo pareció atisbar en sus recuerdos, en realidad sólo fue chispazo inofensivo.

—No. No creo conocer ese lugar.

—¿Y un roble que...? ¡Bah, olvídelo! ¡Muchas gracias!

Se marchó sin despedirse, aunque siguió caminando hacia el suroeste, con la intención de dar con el risco pero siempre con la precaución de no encontrarse con la misma zanja en la que cayó.

La oscuridad la retó desde el inicio. No sólo corría el riesgo de perderse sino también de ser capturada por Don Fabio y su gente. Se detuvo a pocos metros de la orilla del bosque. Miró hacia atrás; las luces de las lámparas de Madam estaban encendidas al interior de la casa, único contraste con la negrísima noche. Miró hacia el frente, niebla y sombra. Midió sus posibilidades.

Optó por lo más arriesgado. Avanzar sin virar el rumbo y gritando el nombre de su mejor amiga. Siempre suroeste. Siempre ella. Siempre firme. Siempre esperanzada. Así hasta que tuvo que detenerse, obligada por varios golpes y tropiezos. No veía más allá de su nariz.

Encendió una cerilla sólo para poder mirar la brújula y, pese al dolor que ya nacía en su pecho, enfilar hacia el noreste.

Cuando de nuevo tuvo frente a sí la cabaña de la anciana, se sintió derrotada.

Ángela estaría en el viejo roble esperándola sin ninguna posibilidad. Seguro la alcanzarían los peones de la hacienda. Seguro la harían volver de la peor manera.

Dejó escapar un par de lágrimas, mismas que se ocupó en limpiar antes de volver a llamar a la puerta.

Madam abrió sin atreverse a decir nada. Algo detectó en los ojos de la chica.

—Por favor... présteme una lámpara. Se la devolveré... algún día.

Madam iba a intentar persuadirla de que se quedara, pero ese algo en los ojos de aquella furia, cada vez más mitigada, la hizo desistir. Tomó la lámpara de queroseno que utilizaba para cocinar de noche. Se cercioró de que tuviera lleno el depósito. Se la entregó sin decir palabra.

—Gracias —soltó Iris como una especie de renuncia.

Ya ni siquiera pensaba en el riesgo excesivo que estaba asumiendo al llevar una luz que la haría fácilmente identificable.

Y volvió al bosque. Y a enfilar hacia el suroeste. Y a un extravío que no acababa de comprender. ¿Por qué el bosque era tan espeso? ¿Y el risco de las tres cuevas, no debía de haberle ya salido al paso? Volvió a gritar el nombre de su mejor amiga hasta que la voz se le fundió en llanto. Terminó por tumbarse al lado de un árbol a ver cómo los insectos se arremolinaban en torno a la luz. Se dio ánimos para creer que Ángela se encontraría también con la casa de la anciana en el momento en que decidiera volver sobre sus pasos. Porque... volvería, ¿no? En el caso de que se cansara de esperarla en el árbol del ahorcado... volvería. ¿Cierto?

"No", se dijo casi enseguida. "No volverá. Mejor para ella. Ojalá que no".

Y aunque dolía, se dio cuenta de que lo mejor para Ángela sería que se decepcionara por su tardanza y siguiera de frente, que no mirara atrás, que la abandonara por completo y olvidara para siempre.

Odió el no haber quedado con ella para verse en otro lugar, en caso de que las cosas no funcionaran como habían previsto.

Odió su situación desesperada, su vida hasta los quince años, su mundo tan estrecho.

Estuvo sollozando por varios minutos hasta que decidió que lo mejor que podía hacer era pernoctar con la abuela. No podía permanecer ahí, indefensa, esperando a que algún animal o, peor, algún empleado de Don Fabio diera con ella. Se resignó y volvió a la brújula. Curiosamente, no le preocupó perderse al intentar volver a la cabaña. Sentía que ese derrotero le sería fácil retomarlo. Y no se equivocó. Después de desandar sus pasos de una forma más bien instintiva, las luces al interior de aquella casita se mostraron a través del follaje. Por tercera vez atravesó el arroyo en esa dirección. Por tercera vez plantó los pies sobre los tablones del porche. Esta vez Madam abrió la puerta sin esperar a que golpeara con los nudillos. La miró con ternura y tomó la lámpara de sus manos.

—Puedes dormir en mi cama.

Apretó aquel retrato con todas sus fuerzas, como si fuese Mariposa en persona y él quisiera retenerla por siempre.

El abuelo lo advirtió y desatendió el fuego para buscar sus ojos.

—No pierdas la esperanza, Urck.

—¡Se la llevaron, abuelo! ¡Y no tengo una maldita idea de adónde!

—Pero tienes tiempo. De ninguna otra cosa se alimenta la esperanza que del tiempo frente a nosotros.

Segundo volumen de *El palacio del sueño*,
"El secreto del mar", Leonora Haastings

Madam la condujo al piso superior, le permitió entrar al baño y le prestó una de sus piyamas. Probablemente le vendría un poco grande, pero estaba bien por una noche.

Iris se encerró en el minúsculo cuartito y se miró al espejo. No quería que Madam supiera que había llorado. No podía permitirse esa debilidad por si en algún momento tenía que actuar en contra de ella. Advirtió que en su rostro no había huellas de lágrimas; se mojó la cara y se sentó por un rato en el escusado. Cuando salió de ahí, se sentía más repuesta, menos pesimista, aventuró un débil "gracias" y se dejó llevar a la única habitación con cama. Se sentó en el mullido colchón con las manos entre las rodillas.

—Por la mañana me marcho —dijo, apesadumbrada, como deslindándose de las molestias que ya estaba ocasionando.

—No te preocupes. Descansa. Sólo te voy a pedir un favor.

—No puedo contarle quién me sigue o qué hice. Lo siento —respondió Iris, adusta—. Si esto es condición para que me ayude, entonces me voy de una vez.

Madam la miró con una mezcla de sorpresa y ternura. Le parecía que era un animalito asustado, listo para morder de ser necesario.

—Tus razones tendrás. Aunque es cierto que podrías pagar mi hospitalidad siendo honesta conmigo, no te lo voy a exigir.

Iris la miró con recelo. Una disculpa quiso nacer en sus labios, pero insistía en mostrarse dura.

—Es otra cosa la que te quiero pedir —volvió a hablar Madam—. Que no entres en la biblioteca sin mi permiso.

En cuanto lo dijo se sintió mejor. Al momento en que le había ofrecido quedarse, una sola preocupación inexplicable la había asaltado: que su huésped no entrara en ningún momento a la sala de lectura. Un asunto extraño, pero importante. Y si podía contar con ello, se sentiría mucho mejor.

Iris miró por encima del hombro de Madam, en ese momento de pie en la puerta de la recámara. La puerta de aquel otro cuarto estaba cerrada. No veía razón para querer entrar; seguro ahí escondería las cosas de valor, pero en realidad no importaba. Ella se marcharía con el alba, para siempre.

—No me gusta leer, no se preocupe —dijo encogiendo los hombros.

—Bien. Entonces nada que temer. Buenas noches.

—Buenas noches.

Madam sólo volvió a entrar a la habitación de la cama para depositar la jarra con agua que siempre ponía sobre el buró. Una atención tal vez desmedida con esa chica hosca y sin modales, pero no sólo no le molestaba sino que hasta le hacía sentir gozosa. Pensó que ojalá supiera su verdadero nombre, su verdadera historia, aunque fuese sólo por romper la monotonía. Volvió a despedirse de ella mientras Iris miraba el techo sin mirarlo. Le recomendó que no cerrara la ventana, que se arrullara con el sonido del río, que no se fuera sin despedirse. Se llevó la única lámpara encendida consigo.

Y aunque Iris no cerró la puerta de la habitación, Madam sí se encerró en la biblioteca, lista para dormir como lo había hecho la última noche. Sus ojos de inmediato fueron a posarse sobre la tercera repisa, ahí donde se encontraban todos los volúmenes que hacían referencia a su vida pasada, a esa Leonora que era y no era. Sus tres sagas completas en varias presentaciones y traducciones, así como las aventuras sueltas que había escrito a lo largo de cuarenta años de exitosa carrera. Tomó un volumen en otro idioma como si con ello pudiera contrarrestar esa peculiar vergüenza de saberse descubierta en tantas y tantas páginas, tantas y tantas letras. *El palacio del sueño III* – "Crepúsculo negro", Leonora Haastings, una tipografía demasiado adornada y, en contraportada, una foto demasiado fingida. Devolvió el ejemplar pensando que tampoco es que tuviera tanta importancia. Furia, o quienquiera que fuese, se iría por la mañana y no habría necesidad de preocuparse por algo tan nimio.

Ocupó el sillón con la sutil certeza de que en realidad nada de lo que había ocurrido en ese día era real sino parte de un sueño y, echando hacia atrás el respaldo, alzando las piernas sobre el reposapiés, retomando la sonrisa que creyó extraviada, se quedó profundamente dormida.

Iris, mientras tanto, miraba intermitentemente por la ventana, esperando la llegada de sus captores o de Ángela. Estaba segura de que no había terminado así aquel capítulo de su fuga. Pero igualmente se sentía agotada, con ganas de descansar y sentirse bien por primera vez en semanas, sin la angustia del tiempo vivido o por vivir. No dejaba de causarle simpatía el cuarto minúsculo de la señora, con apenas sitio para un armario, un buró, una estufita y la cama, dejando casi todo el espacio posible de la planta alta a aquella extravagante biblioteca del otro lado de aquella puerta cerrada. Sólo por curiosidad se puso en pie y abrió los cajones del buró, esperando hallar algo de su interés, no dinero pero sí algo con qué entretener la mente mientras la sorprendía el sueño. Descubrió a la luz de la luna un par de delgados libros de poemas, algunas velas a la mitad, un cuaderno de notas sin usar, un cortaúñas, dos cepillos… terminó por tomar uno de los libros de poemas, lo abrió al azar, trató de descifrar los versos. Decidió que su única travesura sería llevarse aquel ejemplar; a Ángela sí le gustaba la poesía y estaba segura de que el día siguiente se encontraría con ella. Con esa idea feliz reposó la cabeza en la almohada y, no sin antes prometerse que despertaría en cuanto escuchara algo sospechoso, se rindió por completo al sueño.

Un segundo después la luz del día inundaba la habitación.

Iris se puso en pie como activada por un resorte. Miró su reloj de pulsera. Había dormido como nunca, por lo menos un par de horas más de lo usual. Se pasó una mano por la cara y revisó que su mochila siguiera ahí, que el ruido que venía de la planta baja no fuese el de gente desconocida. Se vistió a la carrera, se echó la mochila al hombro y bajó las escaleras. El sutil aroma del desayuno le hizo despertar por completo. Madam se encontraba frente a la pequeña estufa, cocinando una salsa que olía estupendamente bien.

—Buenos días —fue el saludo de la anciana.

—Lo siento mucho. Me quedé dormida.

—Yo no lo siento para nada. Desayunamos juntas y luego te vas.

Iris no pudo negarse. Tenía hambre y ningún plan para alimentarse en las próximas horas. Tuvo que rendirse a esa inusual cortesía. Había un poco de manzana picada esperándola en la mesa. Y una pieza de pollo lista para ser bañada por la salsa que ya terminaba Madam. Hogazas de pan. Té.

En breves minutos, se sentó Madam.

—No hay necesidad de conversar si no quieres.

—Gracias.

Y no lo hicieron. Ni una sola palabra surgió de la boca de Iris porque no quería concederle importancia a esa parada innecesaria en su itinerario. El plan era huir para siempre de la hacienda, comprar un boleto a cualquier parte en la estación de la ciudad, imaginar un futuro al lado de Ángela una vez que estuviesen de camino hacia donde las arrojara el destino. Desayunar al lado de una extravagante señora no formaba parte de ningún plan posible. Se obligó a comer lo más de prisa posible sin ser demasiado descortés. Terminó en un santiamén.

—En verdad le agradezco.

—Te preparé unos bocadillos para el camino. Están envueltos en esas servilletas.

Iris volvió a sentir un incómodo bochorno. No podía despreciarlos. Echó los dos bultos de pan al interior de su mochila. Estuvo a punto de devolver el libro pero se arrepintió enseguida.

—Fue un gusto conocerte, Furia —dijo Madam, aún a la mesa.

Iris hubiese querido responderle con una gentileza similar. Prefirió no hacerlo. Seguro ambas se olvidarían mutuamente en menos de un par de días.

Echó a correr al bosque con nuevos bríos. Ahora estaba segura de que ya nadie la perseguía. Miró su brújula y se encaminó de nuevo al noreste, tratando de abrir todo lo posible su compás de visión. Tendría que reconocer, en algún momento, algo que le resultara familiar. Se sintió insuflada de optimismo, seguramente como producto de haber dormido bien y comido bien, aunque el intenso azul del cielo y el frescor de la mañana también contribuían en este súbito entusiasmo. Corrió con todas sus fuerzas. Se permitió tararear los primeros compases de una canción de Los Beatles.

Madam, por su parte, terminó su desayuno sin prisa y se ocupó de sus propios menesteres en cuanto el sol ya había avanzado bastante por encima de las copas de los árboles. No podía negar que aquella visita inesperada la había sacado un poco de balance. De entre todas las posibilidades de compañía que estuvo esperando y propiciando en los meses transcurridos en su cabaña del fin del mundo, esa había sido, por mucho, la menos encantadora posible. Una adolescente arisca y sin educación, hermética y fugaz, sin ninguna intención de diálogo o afinidad. Todo un encanto. Aunque, a decir verdad, cada vez que la traía a su memoria, Madam no podía evitar sonreír; había estado esperando un hada y la había visitado un ogro.

Lo que más la impresionó fue el darse cuenta de lo fácil que le resultaba volver a ese sentimiento inédito de paz y templanza con el que había sido sorprendida el día en que Furia apareció. Le bastaba recordar que nada ya en su rutina era forzoso para sentirse feliz y tranquila. Hizo su trabajo de todos los días en el huerto y en la granja, cortó un poco de leña, paseó por el bosque, se tiró de espaldas a un lado del riachuelo, se dejó visitar por un conejo que le olisqueó la mano. Se maravilló de lo bien que se sentía haber renunciado para siempre a la posibilidad de la magia. Dejó que la tarde se le viniera encima mientras descansaba sobre una cama de flores blancas. Sonrió más veces de las que lo hacía normalmente, recordando cuánto tiempo había estado plantándole cara al embrujo de lo fantástico para ser, después de todo, atropellada por la realidad. Un hada milenaria. Un ogro de quince años. Una risita se le escapó involuntariamente. La vida era buena.

Se encontraba al interior de la cabaña, untando un pan con un poco de mantequilla, cuando llamaron a la puerta.

Había oscurecido hacía un par de horas. Una sola vela alumbraba la estancia. La reacción natural de Madam fue apagar la llama y aguardar.

Un par de golpes más.

Madam pensó que seguramente serían los perseguidores de Furia, indagando por ella. Pensó a toda velocidad lo que más convendría responder. O si podría, en todo caso, no responder en lo absoluto.

Dos golpes más.

Decidió que, de todos modos, ningún demonio real podría estar llamando con tanta cortesía. Ninguna expedición policiaca. Del otro lado de las ventanas soplaba un viento gentil. Y la luna esparcía su luz platinada entre la hierba y los árboles.

Abrió con determinación.

—Lo siento mucho —dijo Iris. Y se cubrió la cara.

Madam comprendió enseguida que algo se revolucionaba al interior de la muchacha. ¿Por qué había vuelto? ¿Qué había pasado? Le llamó mucho la atención que se presentara nuevamente con una disculpa en los labios.

—Pasa —le indicó, haciéndose a un lado.

Pero Iris se sacudía en la puerta, bañada por la grisácea claridad de la luna, sin decidirse a entrar, llorando lo más calladamente posible.

—Vamos —la instó Madam, apretándola de los hombros y empujándola al interior con suavidad. La llevó a sentarse a uno de los sillones de la estancia que prácticamente nunca utilizaba. Encendió una lámpara y la posó sobre la mesita de centro. Ocupó el sillón largo que confrontaba a aquel en el que sentó a Furia. Aguardó. La danza de la llama en el quinqué fue el único movimiento perceptible a lo largo de varios minutos.

Finalmente, aquella furia se apagó por completo. Dejó de temblar y suspiró largamente.

—De veras lo siento mucho. No tengo a dónde ir.

—Tal vez quieras contarme…

Pero Iris no se sintió con ánimos de confesar que se había perdido de nueva cuenta, admitir que no había dado con las cuevas, con el árbol del ahorcado. O con la zanja en la que se había caído hacía dos noches. O el pueblo en el que había crecido. No quería hablar de que en un ir y venir por el bosque y los llanos se percató de que no podía dar con ninguna referencia conocida. Y sólo gracias a que había extremado la precaución de siempre poder volver, al menos, al punto de partida, es que ahora se encontraba ahí. Su rostro se venció en un nuevo rictus de muda tristeza.

—No te preocupes —dijo Madam—. Te puedes quedar el tiempo que necesites.

Y se puso de pie. Y apartó un par de rebanadas de pan con mantequilla. Y se las acercó a Furia con un poco de leche. Luego, se puso a mirar por la ventana, tratando de desentrañar el misterio de aquella chica en el paisaje, ya que ella no estaba dispuesta a revelar nada. Y aunque no deseaba forzarla a contarle —mucho menos después de haberla visto derrumbarse— ya anticipaba que aquella paz que curiosamente había estado disfrutando, se venía abajo en ese preciso momento, como un castillo de naipes.

Se sorprendió sonriéndose a sí misma, a su reflejo en el cristal de la ventana, como si todo fuese parte de una gran broma. Un hada. Un ogro. La vida.

—¿Recuerdas la forma que tenía esta roca en tu infancia, Zardet? —dijo el Espíritu del Viento, obligándolo a mirar.

Habían pasado cinco décadas justas, tiempo en el que la inagotable cascada del río Orún había estado cayendo sobre la piedra.

Zardet lo pensó por un momento.

Y recordó.

En ese entonces era un horrible sátiro cornudo que le daba miedo.

Ahora era sólo una roca. Una roca nada más.

Y una feliz conciencia del paso del tiempo lo acometió como un abrazo largamente esperado.

El gran muro, Leonora Haastings

—No me retracto, Furia... puedes quedarte el tiempo que quieras, pero sí creo que merezco saber un poco más de ti.

Madam soltó tal aseveración cuando, de pie, supervisaba la ordeña de Emily. La vaca se dejaba estirar las ubres sin ningún problema, lo cual delataba que la chica lo había hecho muchas veces antes. El sol aún estaba detrás de las montañas y el rocío pringaba la hierba con mil destellos. El gallo cantaba sin darse tregua. Las nubes reinventaban el rosa y el anaranjado en sus desparramadas pinceladas sobre el firmamento. De nueva cuenta Madam había dormido en la biblioteca, pero el sueño la rindió tan pesadamente que pensó si no debió haber dormido sentada toda su vida. Por el contrario, Iris pasó una noche inquieta a pesar de haber ocupado la cama nuevamente. A pocas horas del amanecer, la anciana había ido a despertar a la adolescente para que le ayudara en las labores de la casa. Y la primera vez que hablaron fue ahí, en el establo, ante un cubo llenándose de leche.

—Para empezar... podrías decirme cómo debo llamarte.

Sin dejar su labor, Iris sopesó la posibilidad de revelarle su verdadero nombre, de romper el dique de la desconfianza de una buena vez, pero volvió a sentirse reticente. No debía quedarse demasiado tiempo ahí. No cuando algún futuro le esperaba en alguna otra parte.

—Furia está bien.

Madam había vuelto sobre ese apelativo varias veces en su cabeza. Sabía que tenía cierta importancia literaria que no podía ser casual. Pero tal importancia estaba cubierta de un velo, una pátina que opacaba el recuerdo y lo volvía difícil de precisar. Sabía que en algún lugar de los tantos y tantos años y las tantas y tantas páginas, había una Furia, sólo que no podía ubicarla con exactitud. Hubiera preferido llamarla con cualquier otro nombre pero, si ese era el juego que iban a jugar, lo haría sin hacerse mala sangre.

—Bueno. Entonces tú puedes llamarme Madam.

—¿Madam?

—Así me decía todo el mundo antes de que me viniera a vivir aquí. No es de mi especial predilección. Pero es el único apodo que tengo.

Iris contuvo la risa. Era un poco ridículo, pero tampoco valía la pena discutir por algo como eso.

—Bien, Madam.

—Bien, Furia.

A su regreso a la casa, listas para almorzar, Furia quiso, al menos, ser sincera respecto a aquello que más la contrariaba.

—Volví porque estoy completamente perdida, Madam —levantó su taza de té. Ambas ocupaban sendos sitios a la mesa, como habían hecho ya en varias ocasiones. Midió la reacción de Madam ante dicha sentencia. Continuó: —Es como si hubiera despertado en un lugar muy lejos de aquel que abandoné. Ayer caminé por millas y millas y nunca di con los sitios que conozco desde mi infancia.

Madam supo que no mentía. Y que tal vez fuera esa la razón por la que ninguno de los que la perseguían había dado con ella. Un miedo indómito les hizo renunciar a hacerse más indagaciones, el mismo que se manifiesta ante lo desconocido.

Los ojos claros de Madam se posaron en todas las cosas antes de regresar a los de Furia.

—Tal vez yo tenga la culpa.

—No lo comprendo.

—Sí. Tal vez yo te mandé traer.

Furia se echó hacia atrás en la silla. El miedo adquiría otra sustancia.

—Verás… —continuó Madam—. Seguro es una tontería pero no se pierde nada con contarte.

Así, le explicó que había elegido aislarse ahí para siempre del mundo, con la única intención de ser tocada por la magia. Le contó que había enfocado toda su voluntad, todos sus anhelos, durante su estancia en ese paraje de cuento de hadas, a la posibilidad de que ocurriera algo fantástico, algo inexplicable, algo digno de ser etiquetado como milagroso. Y entonces…

—Y entonces llegaste tú.

—Pero yo soy tan normal y tan cotidiana como cualquiera —gruñó Furia—. De magia, nada. Excepto que no sé por qué no puedo dar con mi pueblo, lo cual no deja de ser un tanto inexplicable. Pero fuera de eso...

No obstante, Madam abrigaba sospechas. ¿Y si la magia había llegado hasta ahí en una forma insospechada?

—Dime al menos esto: tienes un nombre, tienes una historia, tienes recuerdos. ¿No es así?

Ya habían terminado de desayunar, el reloj cucú no dejaba de amartillar cada segundo, el sol pugnaba por entrar en la cabaña.

—¿Y cómo no voy a tener todo eso? ¿Por quién me toma, Madam?

—Tienes razón, soy una tonta. Creí que podrías ser una especie de personaje inventado. Una idea, por así decirlo. Una especie de locura que estoy viviendo.

Decidió Madam que no valía la pena esconderse tras de estúpidas suspicacias. Le preguntó el nombre del pueblo que estaba buscando y Furia se lo dijo con una especie de resignación adormilada, como reconociendo que sería imposible que hubiera oído hablar de él.

"Ah, ya veo...", se dijo Madam a sí misma. Aunque en realidad no veía. No veía en lo absoluto. En caso de ser un sueño o una locura, ahí estaba un nombre específico al menos, uno que no podía haberse inventado ella misma a mitad de una repentina chifladura.

—Ahí viví toda mi vida. Vengo de una hacienda aledaña. No puede estar lejos.

—Ojalá pudiera ayudarte más, pero, como ya te dije, llegué apenas hace un año. Estoy en retiro.

—Tal vez podría ayudarme a reconocer los sitios más cercanos. ¿No tiene un mapa?

—Lo siento. No.

—¿Y si quisiera usted ir a la ciudad? ¿Cómo haría?

—Esa era la idea al venir para acá. No ir a la ciudad nunca más. Ni a ningún otro sitio.

—¿Nunca?

—Lo siento.

Madam pensó entonces en el único salvoconducto hacia la realidad que había conservado: la pistola de bengalas que le dejara Daniel. En el último de los casos…

—No puedo ir a ningún lado. Pero puedo hacer que alguien venga.

—¿Alguien? ¿Quién?

—El hombre que me trajo aquí. Tengo una forma de pedírselo, sólo en caso de emergencia.

—¿Teléfono?

—Una luz en el cielo.

Furia pensó en los peones de Don Fabio escudriñando la bóveda celeste, acudiendo a toda prisa, capturándola.

—No. Mejor no.

—Entonces, como dije, lo siento.

—Yo no —dijo Furia con súbita determinación—. Hacia algún lugar tengo que poder encaminarme. Y lo haré enseguida, si no le importa.

—"Si no te importa".

—¿Cómo?

—Que preferiría que me tutearas.

Furia pensó que no tenía ningún sentido. Que ella se marcharía ya, en ese mismo momento. Que llamarla Madam o tutearla o aprender a ayudar en la casa eran asuntos completamente estériles, incapaces de hacer germinar la semilla de amistad alguna, porque ella tenía un futuro en otro lado, no ahí.

—Como quieras, Madam —dijo con el fin de que su anfitriona viera cuán ridículo sonaba tutearla usando el apelativo de Madam. Pero ésta no se dio por enterada. Y era mejor así.

Unos cuantos segundos se miraron, se sonrieron, se incomodaron. Furia se levantó de la mesa y se despidió, esta vez extendiendo la mano. Madam la tomó adivinando que no se trataba de una despedida, porque sentía que se había creado un vínculo irrompible, aunque no consintió tal pensamiento pues no deseaba sentirse estúpida, desamparada; era como si hubiese renunciado a todo con el fin de alimentar una vaga y fútil esperanza que no le correspondía.

Como si ahora huyera de algo distinto, Iris tomó sus cosas y, olvidando que había prometido lavar los platos y ayudar en el huerto, se encaminó de nueva cuenta hacia algún lugar del horizonte, esta vez con la firme determinación de no virar el rumbo y establecerse en cualquier pueblo, cualquier ciudad que la acogiera.

Madam, por su parte, siguió con su rutina y ansió que llegara la tarde para poder sentarse de nueva cuenta a leer como hizo por tantos y tantos días. Pero antes de que cayera la noche, cuando dejaba reposar la masa del pan que hornearía al día siguiente, volvieron a llamar a su puerta. Esta vez se dijo a sí misma que no podía ser trivial, que había alguna razón muy poderosa detrás de todo ello, y que ojalá no tardara mucho en develarse.

—No lo entiendo —dijo Furia al cruzar la puerta nuevamente.

—Preparé café esta vez.

Se acompañaron en la sala por el tiempo que les llevó terminar ambas tazas. Madam preparó un fuego en el hogar, únicamente con la intención de hacer más confortable la estancia ahí. No quería admitirlo, pero disfrutaba enormemente que pudiesen estar sin decirse nada.

—Caminé siempre en la misma dirección. Atravesé la montaña. Continué por bosques y planicies hasta casi llegar a la siguiente cumbre, pero ya no me atreví a escalarla. Preferí regresar.

—He de decirte que, cuando le pedí a mi agente que me buscara un sitio en el que nadie pudiera molestarme, fui muy clara al respecto. Lejos de todo. Lejos de todos. Tal vez tendrías que intentar mañana caminar en otra dirección, solamente.

Furia asintió, pero fue más una fórmula de cortesía. Ambas sabían que había corrido desde algún sitio, huyendo de aquellos que la perseguían, para llegar ahí. Y que ese sitio no podía estar tan lejos, o jamás habría dado con la casa. Ambas lo sabían, pero ambas lo callaron, porque les despertaba ese íntimo temor de estar lidiando con algo que no comprendían y no se explicaban.

—Tienes razón, Madam. Mañana intentaré por otro rumbo.

—De acuerdo. Aunque te advierto que, en efecto, para llegar aquí, me trajeron en jeep y luego en caballo. Fueron viajes de horas.

—Sí, pero…

Ambas conocían ese "pero" que ninguna se atrevió a consentir.

—Tal vez sean un par de días a pie –insistió Madam, pues no quería retenerla a la fuerza, a pesar de su invitación a que se quedara por el tiempo que quisiese—. Te pondré provisiones para varios días.

—De acuerdo. Gracias.

—¿Quieres jugar a la baraja? La traje para jugar solitario, pero tal vez sea momento de intentar algún otro juego.

Así, se les echó encima la noche en una nueva sucesión de eventos en los que Madam arropaba a Furia con la mirada en su cama y ella misma se sumía en el más reparador de los sueños al interior de la biblioteca cerrada.

La despidió una vez que almorzaron juntas, luego de las labores de la mañana. Se dieron la mano y se desearon suerte. Madam sugirió que caminara hacia el sur. Estaba segura de que en esa dirección no tardaría en dar con algo, con alguien, creía recordar que el último trayecto lo había hecho a caballo desde el norte; incluso mencionó un par de sitios que no consiguieron hacer eco en Furia. Ella, por su parte, hizo lo mismo como última medida desesperada. Trajo a cuento los nombres de algunas localidades que tampoco resonaron en la memoria de Madam. Se dijeron adiós por última vez a la distancia.

A los tres días, Iris estaba de vuelta, completamente exhausta, desconcertada.

Madam la recibió a medianoche. Le quitó la mochila de la espalda, la condujo hacia la cama que no había vuelto a ocupar desde que ella se marchara. La descalzó a medio sueño y le permitió dormir sobre las sábanas. Se entregó a un montón de conjeturas cuyas semillas no germinaron como pensamientos racionales, antes al contrario, parecían ajustarse a ese primer anhelo que la había llevado ahí. Y se vio a sí misma, al cerrar la puerta de la biblioteca, presa de una mezcla de temor, fascinación y alegría.

Temple subió a aquel árbol con la única intención de abarcar más con la mirada. No estaba huyendo. No se estaba ocultando. Sólo quería estar segura de que vería a Furia aparecer antes que nadie.

Algún sortilegio la protegió, pues las hordas del ejército negro pasaron sin notarla. Y ella agradeció que la noche la protegiera durante ese trance.

Por la mañana, a pesar de no haber dormido, se sintió plenamente satisfecha. Había sobrevivido. Y con un poco de suerte, descubriría a Furia aparecer por el camino. Comió de los frutos que llevaba consigo.

Entonces, escuchó su nombre a la distancia.

Las hijas del fuego, Leonora Haastings

Le sugirió que la acompañara a dar una vuelta por los alrededores. Recién habían almorzado y la mañana se presentaba como una ambigua promesa de descubrimiento y tedio que asustaba un poco a ambas.

—¿Es todo lo que haces, Madam? ¿Leer y pasear?

—Y sobrevivir.

—¿No te mueres del aburrimiento?

Madam lo pensó en ese instante. ¿Me muero del aburrimiento? Decidió que la paz conquistada bien podía ser vista como el peor de los aburrimientos por un ogro de quince años, pero no le importó.

—Puede ser.

—¿Cuántos años tienes?

—Los suficientes.

—¿Para qué?

—Para decidir que puedo morirme del aburrimiento si me da la gana —dijo con un guiño.

Echaron en el morral de Madam agua, fruta y bocadillos, además de un libro de poesías y una libreta. Madam notó el desgano de Furia para caminar a su lado sin un rumbo fijo, así que le imprimió más velocidad a sus pasos con el único fin de que no creyera que se trataba sólo de un letárgico paseo de nada, sino de una tonificante caminata por el bosque. Y aunque Furia se mostró renuente a seguirle el paso, tampoco podía quedarse atrás, no si el asunto iba de dar una vuelta juntas.

Madam siguió una de tantas direcciones seguidas con anterioridad. Y no tardó en percatarse de algo. Tal roca con tal dibujo no parecía estar donde debía. Tal nudo en tan árbol parecía haber desaparecido. ¿No era éste el linde con cierta pendiente en la que accedía al páramo? ¿Y no era por acá donde siempre el musgo en la tierra le obligaba a caminar con precaución?

Inconscientemente redujo el paso. Estudió el panorama. Detuvo sus ojos en el entramado de troncos paralelos.

—¿Pasa algo?

Madam fue del vuelo de un abejorro al chirpichirp de las aves, del vaivén de las hojas en el fresno más cercano al baño de luz que dibujaba el sol a través de las ramas. Todo era tan natural, tan simple y tan hermoso… todo era tan real y tan tangible…

Y sin embargo…

—No me digas que te has perdido tú también.

Madam sonrió al girar el cuello y confrontarla. Eso hubiera sido lo más fácil de admitir si llevase apenas unas cuantas semanas en aquel lugar, pero, dadas las circunstancias…

—Estoy decidiendo si es mejor que vayamos hasta cierta arboleda que da muy buena sombra... o a una colina que me gusta mucho.

—De acuerdo. ¿Y?

—Y nada. Es por aquí.

Dijo por decir algo, porque estaba completamente desorientada. Siguió andando sin perder el entusiasmo, aunque cada vez le parecía más difícil ubicarse. Todos los árboles eran el mismo árbol. Todos los arbustos el mismo arbusto. Todas las rocas, todas las subidas y bajadas, todos los sonidos, todo el paisaje. Todo le era extrañamente acogedor y atemorizante, benévolo y hostil.

Continuó sin dejar de sentirse ridícula, como si en verdad supiera el camino. Continuó hasta que el dibujo del bosque les ofreció un descanso y llegaron a un solar en el que al menos podían divisar el horizonte.

—Descansemos aquí.

—Estás perdida.

Madam no pudo reprimir la carcajada.

—Lo siento.

Furia la miró con enfado, el mismo brillo en los ojos con que han fulminado los jóvenes a los viejos desde el principio de los tiempos.

Se echaron sobre un desnivel en la hierba y Madam extrajo el agua del morral. Bebieron sin quitar la vista de aquellas laderas que parecían el preámbulo del infinito. Un cervatillo apareció a la distancia. Las miró sin miedo. Comió de la hierba y se alejó sin prisa. En el cielo, dos gavilanes de alas extendidas descansaban sobre bolsas de aire.

Al cabo de varios minutos en silencio, Madam tuvo que ser sincera.

—Algo ha cambiado.

—¿A qué te refieres?

—Es como si no fuera el mismo paisaje que he recorrido tantas veces.

—No juegues conmigo, abuela.

—¿Por qué habría de hacerlo?

—No sé. ¿Para asustarme?

—¿Y qué necesidad tengo yo de asustarte, bebé?

Cayeron en una pausa de reflexión forzada. El sol se dibujaba a un costado de la gran cúpula del cielo, bañándolas con la misma luz de siempre. El tenue viento que les hacía revolotear el cabello operaba con la misma gentileza de todos los días. Los colores y los aromas no eran sino los habituales. Era imposible sentir miedo. Por el contrario, el panorama, digno de una postal, ofrecía vistas y sensaciones como para no abrigar sino sentimientos placenteros. Pero una inquietud sí que germinó entre ambas.

—Fue a raíz de que apareciste.

—No puedes culparme. Tú misma dijiste que tal vez me habías llamado.

—Tal vez. No digo que tú seas la culpable. Sólo digo que a partir de que llegaste todo cambió sutilmente.

—No. No puede ser. No es lógico.

Renegó Furia con la misma contundencia con que lo había hecho cientos de veces para sí misma mientras recorría el bosque sin llegar realmente a ningún lado.

—¿Qué maldita magia negra es esta? —espetó, molesta.

—No lo sé —contestó con franqueza Madam mirando con cierto deleite a una mariposa amarilla que revoloteó cerca de ellas y se detuvo sobre un racimo de florecillas azules—. Pero no me molesta tanto.

Furia puso los ojos en blanco.

—No me lo tomes a mal, abuela, pero si me hubieran puesto a elegir un sitio en el cual quedarme atorada, no habría optado por una cabaña en medio de la nada con una señora que no hace más que leer y leer.

—No te lo tomo a mal. Yo tampoco habría pedido que me pusieran de compañía una mocosa rezongona que no hace más que quejarse y quejarse.

Se miraron con enojo. Luego, aflojaron los músculos de la cara y, al menos Madam, rio un poco. Furia sólo aminoró la furia y sonrió sacudiendo la cabeza.

—Vamos… —dijo Madam—. No hay necesidad de que renuncies a ningún futuro o cosa parecida. Seguro que más allá hay algo para ti. Es sólo que…

Iris iba a recordarle que lo intentó. Y vaya que lo intentó. Sin éxito alguno. Pero el sólo pensar que podía, en efecto, imaginarse en otro lado, le devolvía el entusiasmo. Para eso había escapado de la hacienda, para poder estudiar, hacerse de una carrera tal vez como modista, tal vez como arquitecta, tal vez como bióloga, posiblemente enamorarse, formar una familia, viajar…

—¿Es sólo que qué? —detuvo su tren de pensamientos para cuestionar a Madam.

—Es sólo que… por el momento, no pareces tener alternativa.

Iris miró al horizonte. Sintió deseos, como en días pasados, de correr y no detenerse hasta dar con una aldea, cualquier lugar con estación de tren y cabinas telefónicas. Pero tuvo que darle la razón a Madam. No se vio a sí misma pasando por esa frustración de nueva cuenta, llenándose los ojos de frondosa vegetación y cumbres escarpadas y llanos interminables y ríos hermosos y lagos deslumbrantes que no la hacían sentir en casa sino, por el contrario, absoluta y totalmente perdida.

Pese a todo, sabía, al igual que Madam, que podrían volver a la cabaña. Así como ella había podido regresar todas las veces, esta vez también regresarían. Y sin ninguna necesidad de echar mano de la brújula.

—Has venido por una razón —dijo la anciana apretando la mirada—. De eso estoy segura.

—¿Pero por qué yo? No entiendo.

—Yo tampoco. Pero creo que no podemos hacer otra cosa que esperar.

—¿Esperar a qué?

—A que se nos revele a qué has venido. Supongo que entonces podrás marcharte.

Furia arrancó un poco de hierba y la arrojó en un claro gesto de desdén. Se puso en pie. Miró en todas direcciones.

—Lo dices como si fuéramos marionetas de algo o de alguien.

Madam pensó que justo esa idea le carcomía la mente. Porque había renunciado a esperar ese supuesto guiño de la magia y, repentinamente, parecía estar ahí, sólo que con muchísimo menos artificio del que había imaginado. Se sintió tentada a hablar en voz alta sólo para pedir que cancelaran el viaje, que no le parecía justo lo que ocurría, que Furia no debía ser parte de ese extraño plan incomprensible. También se puso de pie. Para ese momento ya creía poder afirmar que Furia había sido implantada en su realidad de forma disruptiva. Se atrevió todavía a decir, con gran valentía:

—Bueno… sí podemos hacer otra cosa, por lo menos. Creo que es lo justo. Y creo que es momento.

Juno se sorprendió del alivio que ahora sentía. A veces la mejor cura es un simple diálogo, le había dicho su abuela. Era verdad.

El tiempo de la cosecha, Leonora Haastings

La noche era silente y cerrada. Al cerciorarse de que no llovería, Madam se hizo acompañar al caminito de piedra que conducía al río frente a la casa. Iris la siguió sintiéndose un poco tonta. En ese momento ya estaba segura de que todo se resolvería en menos de un par de horas, alguien vería la luz y la única explicación posible a todo eso sería que tanto la vieja como ella habían sido incapaces de orientarse con corrección. Punto.

Un par de ojillos las miraron con curiosidad desde el otro lado del arroyo, un mapache que se lavaba las manitas sin pudor alguno.

No se escuchaba más que el sonido del viento, el croar de las ranas y el zumbido de los millones de insectos metidos en el bosque.

—Bien —soltó Madam—. Creo que esto debe poner fin definitivo a tu aventura.

Furia se abrazaba a sí misma, pese a que no hacía nada de frío. No dijo nada. Había acompañado a Madam a realizar esa operación sólo por cortesía.

Madam sabía que eran las nueve y media. Las indicaciones precisas eran que lo hiciera entre las nueve y diez de la noche. Sabía que estaría renunciando a su aislamiento definitivo pero no le importó. Necesitaba saber que había hecho todo lo posible por que Furia recuperara su vida.

Para entonces ya había descubierto que Daniel le había dejado un paquete completo de bengalas en el almacén, así que tomó cuatro de los dieciséis cartuchos al momento de plantarse a una distancia prudente entre la casa, el corral y el río.

Levantó el brazo y jaló del gatillo.

El golpe de reacción no fue tan severo.

Una hermosa luz anaranjada surcó la noche en dirección vertical hasta que, después de un viaje de decenas de metros, cayó como una estrella fugaz moribunda. Volvió a cargar la pistola y detonó tres luces similares en el rango de los quince minutos siguientes. Quería cerciorarse de que en verdad fuera vista su señal. Quería asegurarse de que Furia se marchara.

Volvieron a la casa sin decir palabra y se sentaron a oscuras en el salón. Madam había dejado prendidas dos lámparas en la terraza superior, con el fin de que, quienquiera que se aproximase, las viera desde el bosque.

Pasaron las horas y nada rompió la quietud de una noche estática, sin viento como pocas. El concierto de sapos y grillos era casi ensordecedor. Ambas hubieran deseado que el silencio fuera total para poder escuchar a los caballos acercarse, a los hombres charlando, a quien-quiera al final revelándose. Pero nada de eso ocurrió. Al dormitar por turnos, ninguna pudo anunciarle a la otra que llamaban a la puerta o algo similar. El alba las sorprendió sin noticias, sin cambios.

Las dos noches siguientes, lo mismo. Cuatro bengalas cada vez y tensas horas de espera infructuosa.

Tres días completos transcurrieron, tiempo en el que Iris ayudaba en los quehaceres sin abrir la boca. Madam respetaba su reserva porque, secretamente, sentía el mismo temor que ella. Había una magia intrínseca en todo eso. Y no sabía cuál era su utilidad, su propósito. Pero sí se sentía responsable. Lo supo con certeza el día en que renunciaron a consumir todas las bengalas y aquella lechuza gris les hizo una visita. Se encontraban sentadas, codo con codo, en el alargado sillón suspendido de la veranda, mirando hacia el bosque, meciéndose muy levemente, cuando apareció el ave. Y se posó sobre la balaustrada de la galería, a pocos centímetros de ellas. Las miró como si fuese a hablar y, luego, sin más, echó a volar de nueva cuenta. Por esos breves segundos en los que el ave, pudiendo elegir posarse en cualquier otro sitio, fue justo frente a ellas y fijó sus dos ojos negros y brillantes, enmarcados por el plumaje gris de una testa redonda, en los ojos de aquellas dos humanas que sólo aguardaban, por esos ínfimos segundos, la certeza de lo prodigioso se les reveló sin dejar lugar a dudas.

Esa misma noche, a la hora de acostarse, cuando Iris estaba ya lista para ponerse la piyama que Madam le prestaba y ésta la miraba recargada contra el barandal de las escaleras, como si hubieran estado esperando a que cualquiera de las dos rompiera el silencio, la casa lo rompió por ellas. El vaso de agua que siempre tomaba Madam antes de irse a la cama resbaló de sus manos y cayó sobre la duela, haciéndose añicos. Ninguna se apresuró a limpiar los vidrios.

—Tenemos que hablar —dijo Madam sin mirar a Furia.

—¿De qué?

—De nosotras. Esto debe tener alguna explicación.

—Bien, pero no ahora. Por favor.

—¿Cuándo?

—Mañana.

Madam asintió y se aprestó a recoger los pedazos del vaso roto como quien restaura lo deshecho en una crisis. Le vino bien barrer y pasar un trapo antes de ir a la biblioteca a reposar la cabeza y dormir como siempre lo hacía, sin sueños y sin interrupciones. Iris, en cambio, meditaba sobre su vida y cómo todo eso le parecía un castigo infame pero necesario por haberse atrevido a huir de la hacienda. Pensó en Ángela, quien probablemente había sido capturada y obligada a volver. Y decidió que al menos eso sí lo callaría, porque el sólo mencionar a la única persona que la había hecho sentir especial en la vida la haría derrumbarse definitivamente, pues si algo le dolía no era la ausencia de futuro sino el no poder compartirlo con su mejor amiga.

Así que se contó a sí misma, en la inmóvil tiniebla de esa noche, todo lo que no se atrevería a contar al día siguiente, a pesar de los pesares. Se recordó el día en que llegó aquella chica a la hacienda y cómo fueron del encono pueril al cariño más absoluto. Dos años les había tomado hacerse las mejores amigas pero apenas tres meses resolver huir para siempre, juntas y esperanzadas. Apenas tenía doce cuando sus padres murieron y tuvo que sumarse al cuerpo de cocineras de la hacienda de Don Fabio para no morir de hambre. Apenas tenía trece cuando llegó aquella otra chiquilla con el mismo sino, sólo que ella había quedado huérfana al perder a su padre, muerto en una mina.

"Ambas me pertenecen hasta que paguen la deuda que les heredaron sus padres", declaró una tarde Don Fabio en presencia de las dos. Nunca las citaba para nada, al fin eran sólo servidumbre. Pero ese día, tal vez por el celo de verlas juntas y felices y correteando por todo el lugar, las llevó a su despacho de gente importante y, echándoles en la cara el humo de su habano, les espetó una deuda que ninguna sabía que tenía que pagar.

"Nadie es de ninguna persona", se atrevió a reclamar Furia.

"No tiene caso pero, si quieren, se los demuestro", fue la contestación del viejo.

El miedo se arraigó en ambas pues sabían que en el pueblo nadie, ni siquiera el alcalde, estaba por encima de ese hombre tan rico y poderoso.

Fue Ángela quien se atrevió a más.

"¿Y cómo se supone que le vamos a pagar la deuda si no recibimos ningún salario?".

"Claro que lo reciben, pero todo lo emplean en pagarme la cama que ocupan y la comida que se llevan a la boca. ¿O creían que era gratis?".

El miedo se acrecentó cuando el viejo llamó a un peón y le preguntó, frente a ambas, a cuánto ascendía su propia deuda; el miedo subió hasta sus gargantas cuando Don Fabio le ordenó al hombre que se pusiera en cuatro patas; el miedo las hizo temblar como hojas cuando aquel peón terminó ladrando como un perro por mandato del viejo y éste acabó echándolo con la punta de su bota.

Igual siguieron siendo amigas. Igual siguieron correteándose por el campo. Igual siguieron cantando canciones de Los Beatles y contándose historias fantásticas y soñando las mismas cosas.

Ignorando la deuda.

Y haciendo caso omiso de la mirada del dueño de la hacienda, a quien se encontraban cada vez con más frecuencia por los pasillos, por los establos, por la cocina, por los sembradíos.

Tenían quince cumplidos cuando, un sábado por la noche, aprovechando que su esposa e hijas estaban de vacaciones, el viejo mandó llamar a Ángela. Iris sintió un temor tan grande que pensó que era aún mayor que si la hubiera llamado a ella. Por eso prefirió acudir en vez de su amiga, aludiendo con ella que el viejo había confundido los nombres. Para su fortuna, se tardó lo suficiente como para encontrarlo borracho y dormido en la sala de aquel caserón sombrío. Esa misma madrugada planearon el escape. Y aunque Don Fabio no las volvió a llamar en los días siguientes, ninguna quiso confiarse.

Tres meses pasaron.

Doña Mercedes, la jefa de ambas, cayó enferma. Podrían irse sin ser delatadas. Y reconocieron la ventaja de que, en caso de huir, tardarían horas en notar su ausencia.

Pero en el último momento Ángela se acobardó. Iris se marchó sola a mitad de la noche, sabiendo que su mejor amiga, su mejor confidente, su alma gemela, la alcanzaría. Porque no podía ser de otra manera.

"¿De qué estás hablando? ¿Cómo que no quieres ir?".

"Tengo miedo de lo que podrían hacernos si nos descubren".

"Yo tengo más miedo de lo que podrá pasar si no nos vamos".

Un silencio. Una duda. Un temor inmenso como el mundo.

"En el árbol del ahorcado. Todo un día te esperaré. Por lo más sagrado, Ángela, no faltes. No quiero hacer esto sin ti".

Luego, nada.

Luego, eso.

Luego...

Le sorprendió que la aurora le enjugara las lágrimas y la hiciera sentir mejor. Había perdido la cuenta de los días, el sosegado tiempo que había pasado con aquella anciana. Pero no le importó. De repente se sintió más fuerte y más lista. Se había contado la historia a sí misma para poder callarla con aquella mujer, porque no quería mostrarle esa llaga abierta de haber perdido a la única persona en el mundo que realmente la quería.

Se aseó, vistió y bajó a sabiendas de que Madam ya la estaría esperando porque el sol estaba alto y no la había despertado deliberadamente.

Se sentó frente a una humeante taza de café en la mesa de dos sitios.

—Sólo una cosa me voy a callar —dijo con valentía—. Mi nombre.

—¿Por qué? —la cuestionó Madam, desde atrás de su propia taza. En sus ojos no había demanda, sino curiosidad.

—Porque es lo único realmente mío. Todo lo demás lo puedo perder en esta charla. Mi nombre no. No quiero darme ese lujo. En compensación, te ofrezco lo mismo. No me importa seguir llamándote Madam.

—Puedes llamarme Leonora.

—¿Leonora?

—Leonora Haastings, para servirte.

Esperó una reacción, que no llegó por parte de Iris.

"Bien", se dijo Madam con beneplácito. "No soy tan conocida. Hay lugares en el mundo en los que no circulan mis libros. Y hay idiomas a los que no he sido traducida. Aunque en este país, si mal no recuerdo...", pensó sin malicia.

—Puedes seguir llamándome Madam si lo prefieres, por supuesto.

—Gracias —respondió Iris en un murmullo.

—¿Quieres iniciar?

Iris dio un largo trago a su café. Se mojó los labios. Se acarició las manos por encima de las mangas de esa chamarra que insistía en seguir llevando, a pesar de no haberla lavado una sola vez.

—Tengo quince años. Vivo en una hacienda que debiera estar a unas cuantas millas de aquí. Estoy escapando del dueño de la hacienda, un hombre llamado Fabio, quien es un verdadero miserable. No le robé pero él insiste en que le debo mucho dinero porque mis padres murieron debiéndole una buena cantidad y él insiste en que, si no lo pago, mi vida le pertenece.

Siguió contando. Y contando. Y mientras más avanzaba su relato, Madam no dejaba de sentir cómo una fuerza tremendamente poderosa se abría paso a través de su mente. Uno a uno los detalles del relato de Iris se iban ensamblando frente a Madam como si fuera testigo del proceso de restauración de una fotografía rota.

"No puede ser", se decía a sí misma, porque, en verdad, era absolutamente imposible.

En el momento en el que Iris le refería que aquel hacendado la había llamado a su presencia en medio de los furores etílicos, Madam pensó en cierto autor al que seguramente visitaría esa misma noche en el librero. Incluso dibujó con los labios su nombre.

"Miguel de Unamuno", dijo sin emitir un solo sonido.

Porque aquella historia había quedado atrapada por completo en el pasado y, no obstante, se reconstituía frente a ella en la boca de aquella chica de ojos vivaces y voz llena de entereza.

"No puede ser".

Pero podía. O al menos eso es lo que le hacía creer su atribulada mente en ese preciso momento. Porque lo estaba viviendo, palpando, escuchando. Porque estaba ahí y no en otro lugar del mundo.

"Miguel de Unamuno también confrontó un personaje suyo", pensó para luego desengañarse. "Sí, pero él lo hizo como un juego. Aquello en realidad no ocurrió. Fue producto de su invención. Y en cambio acá..."

Siguió escuchando a Iris, a Furia, a esa chica de dulce voz, hasta el esperado clímax, hasta la carrera a través de la noche, la caída en una profunda zanja, la recuperación del camino y la necesidad de llegar al árbol del ahorcado.

"Todo concuerda", pensó Madam. "Todo. El árbol del ahorcado, principalmente. Alguien se ahorcaba en ese árbol a principios de la novela y…"

Una descarga de emociones la sacudió. Tenía una importancia enorme el árbol ese en aquella historia específica. ¿Cómo se llamaba, por cierto? ¿Cómo se llamaba?

Una oleada de imágenes hechas por completo de palabras se agolpó en su interior. Ella lo había escrito. Ella lo había descrito.

Las hijas del fuego, apareció el título en su mente de improviso, como si se encendiera el interruptor de un foco de doscientos watts en una habitación en tinieblas.

Las hijas del fuego, dijo de nueva cuenta en su interior para sentir un repentino alivio.

Dejó a Furia continuar hasta que guardó silencio, poco después de relatar cómo había llegado hasta ahí, a esa casa, a esa parte de su vida que le parecía totalmente fuera de todo contexto y que, sin embargo, aceptaba como parte de un plan superior.

Levantó Iris la mirada, pues había estado narrando la mayor parte del tiempo mirándose las manos, cuidándose de no revelar esa otra presencia, esa parte de la historia que quería conservar para sí.

La consigna, fraguada durante la noche, había sido: "Conservo mi nombre. Conservo mi corazón. No importa que todo lo demás lo pierda. Eso se queda conmigo para siempre".

Y había cumplido. Sabía que había cumplido, así que se permitió una leve sonrisa. Levantó los ojos esperando cualquier cosa, pero en la mirada de Madam sólo encontró un sutil entendimiento, y en su silencio, una respetuosa aceptación de lo que acababa de escuchar.

Madam se resistía a decirle: "Yo te creé. Ahora todo está claro. Eres un personaje y por alguna prodigiosa razón has decidido venir a conocerme". Se negó a hacerlo porque le pareció tan absurdo como se escuchaba. Y porque no estaba tan segura de ello. Todo podía ser una gran coincidencia entre la vida de Furia y la que ella había plasmado en aquella novela inédita de hacía muchos años.

—Ahora tu turno —dijo la chica.

—No hay mucho que contar —respondió Madam con cierta malicia en la voz, pues, a pesar de todo, ahora estaba segura de que la magia era real.

Se sentía excitada y asustada a la vez. Pero no había marcha atrás.

—Como te decía, me llamo Leonora Haastings. Y soy...o fui... escritora.

—¿De libros, quieres decir?

—Sí.

Iba a invitarla a que la acompañara a la biblioteca, pero le pareció que aún no podía dejarla entrar ahí. No acababa de entender esa persistente reserva pero prefirió no ignorarla. Decidió subir ella sola y tomar de la tercera repisa tres libros al azar. Al hacerlo, lamentó que *Las hijas del fuego* nunca hubiera sido publicado, pues habría podido hojearlo en ese mismo momento y hacer algunas comparaciones con lo que estaba viviendo, pues ese tenía que ser, por fuerza, el punto de partida de lo que estaba ocurriendo. Bajó con lentitud las escaleras. En el rellano pensó en volver y elegir traducciones al idioma del país.

Pero entonces tuvo una sutil revelación. Y decidió que no sería necesario.

Se plantó ante Furia.

—Ten.

Le extendió los tres ejemplares y ella se paseó por entre las páginas con fascinación. Se detuvo, naturalmente, en las fotos de las solapas. Todas mostraban a una Leonora más joven, más guapa, pero no cabía duda de que se trataba de la misma persona que tenía frente a ella.

—No hay mucho que contar, como te dije —añadió Madam—. De hecho, todo está ahí, en mi biografía, que es un tanto aburrida si quitas los viajes y los premios.

Iris advirtió algo enseguida. Y sintió que debía mencionarlo.

—Veo que naciste en este mismo país.

Madam supo entonces, como una suerte de revelación, que sus siguientes palabras serían lo más impactante de todo ese encuentro. Y que ninguna de las dos estaba lista para ello.

—Tengo la sospecha de que ahí es justo donde estriba el problema, bebé.

—¿El problema?

—Sí. O tal vez no debería llamarlo problema. Creo que es más justo decir que es ahí donde está el meollo del asunto.

—No te entiendo.

—¿En qué país, en tu opinión, estamos en este preciso momento?

Furia se lo dijo. Y los ojos de Madam chisporrotearon de tierna emoción.

—¿No es así? —insistió Furia, ahora con cierto temblor en la voz.

—No. No es así.

—¿En dónde dices tú que estamos?

Madam, no sin cierto beneplácito, también se lo dijo.

Pero no fue eso lo que causó la mayor conmoción en Iris, sino los años, entre paréntesis, al lado de los premios literarios de Madam y que, como si formaran parte de un horrible sortilegio, le hacían sentir que debía despertar de aquel sueño cuanto antes.

—¿Qué es esto que refulge a mi alrededor, Padre Espíritu?

—No hay una respuesta para todo, pequeña.

Laed no cabía en sí ante tan maravilloso espectáculo. Agradeció secretamente el no tener que dar una explicación a tal andanada de placenteras sensaciones.

—Pero, no por ello, debes dejar de hacerte todas las preguntas.

Memorias del reino de las cien dagas,
Leonora Haastings

—Lo más probable es que ambas estemos equivocadas —sugirió Madam esa misma noche.

Después de un día de tácitas y cotidianas labores, a la hora de la frugal cena que ya empezaban a acostumbrarse a compartir, Madam se sintió obligada a hacer dicha declaración. Porque Iris le había revelado, sin decirle un año exacto, que tampoco en eso coincidían. Porque todo era inquietantemente mágico. Y porque no podía ser de otra manera.

—Este lugar ya no está donde antes estaba —sentenció Madam con voz grave—. Este tiempo ya no es el tiempo que era. El idioma que hablamos no es ni el tuyo ni el mío.

—No puede ser. Simplemente no puede ser.

—Pero lo es. ¿O cómo te explicas que nadie haya venido con las bengalas? ¿O que no hayamos visto a nadie por los alrededores? ¿O que el paisaje que yo ya tenía tan estudiado haya cambiado de la noche a la mañana? Y creo que ambas sabemos a qué noche y a qué mañana me refiero.

Iris asintió con poco convencimiento. Miró hacia la luz de la hoguera con resignación mientras masticaba un poco de pan. Había deseado encender el fuego de la chimenea sólo por sentirse extrañamente protegida, aunque no hacía ninguna falta. Pese a que su estancia en la hacienda siempre había estado manchada por la sombra de un posible peligro, la mayor parte del tiempo había sido feliz. Por la compañía de Ángela, sí, pero también porque disfrutaba del tiempo que pasaba en la cocina, horas y horas frente al fuego encendido del horno y del fogón. La luz, el calor, el crepitar eran, para ella, una vuelta a casa.

Sólo que... en verdad no hacía frío. Como tampoco calor. El clima en aquellos días se había mantenido inmóvil, placentero, confortable.

—Quieres decir que... ¿Cómo me explico que nunca haya dado con el árbol o las cuevas o mi pueblo? —se atrevió a añadir Iris.

Y Madam, igualmente, asintió con un leve gesto.

—Pero no lo entiendo. ¿Qué puede significar esto? —sugirió la chica con desconfianza—. ¿Estamos muertas o algo así?

"No, mi niña", dijo Madam en su cabeza con la misma voz que habría usado con su nieta, de haber tenido una. "No puede morir quien nunca vivió. Tú estás formada de palabras. Y nada más".

—Desde luego que no —resolvió Madam en cambio—. Sólo somos víctimas de una extraña magia que, sin saber cómo, convoqué. Y que nos tiene cautivas en una especie de limbo.

—Es espantoso. ¿Por qué? ¿Con qué sentido?

—Eso es lo que nos toca averiguar, supongo.

Volvieron a sumirse en pesadas reflexiones hasta que el crujido de la madera se fue debilitando, la luz alejando y la noche envolviéndolo todo. Retomaron la rutina de irse a la cama a la que ya se estaban moldeando después de tantas repeticiones. Un parco "buenas noches" fue todo lo que se dijeron en cuanto Madam cerró la puerta de la biblioteca y Furia, con las manos detrás de su cabeza, se entregó a la contemplación de los tablones del techo de su habitación, iluminada por la precaria la luz de una vela.

Madam había estado deseando ese momento durante todo el día, el instante en que pudiese volver sobre aquella historia que escribió cuando era una joven escritora sin nombre alguno. Al menos en su enmohecida memoria necesitaba hacer una más pausada revisión. Se llamaba *Las hijas del fuego*, de eso no tenía dudas. Y tenía un par de personajes principales, ambos femeninos. Uno se llamaba "Furia", el otro, "Temple". Y escapaban de un castillo en el que se encontraban prisioneras, bajo el yugo de un lord maligno. No recordaba más, finalmente habían pasado por lo menos cincuenta años de aquel primer manuscrito que nunca se publicó. Pero era real. Lo sabía. Tan real como pueden ser el Quijote o el Principito.

Fue al sitio específico en el que se encontraba el ejemplar de *Niebla*, de Miguel de Unamuno. Y fue al final para recordar con precisión las virtudes de la supuesta "nivola", donde el protagonista, Augusto Pérez, interpela a su autor. Le pareció curioso el ejercicio, pero nada halló al interior del libro que le permitiera echar luz sobre lo que le estaba pasando.

Suspiró. Apagó la lámpara.

Esperó.

Esperó a que el pulso de la casa fuera lo único que se escuchara, los crujidos y rechinidos propios de la madera ajustándose al clima nocturno. Esperó a eso para decir, aunque fuese como un murmullo, aquello que le ebullía en el interior. Y que no podía quedarse sólo como un pensamiento.

—Quienquiera que seas… gracias por atender mi llamado.

No se sintió ridícula, como imaginó, a pesar de que su voz, sobreponiéndose al silencio, se sentía casi como un ultraje. Al cabo de un rato, añadió:

—Ahora sólo resta que nos hagas saber, a esa pobre chica sin pasado y sin futuro, cuál es el propósito de este encuentro.

Respiró con tranquilidad. Posó las manos sobre su regazo. Se reclinó hacia atrás, lista para dormir, aunque antes dijo, acaso un poco más fuerte:

—Por favor.

Y se rindió al sueño.

Al despertar, una certeza la acometió. Una feliz certeza que trató de consentir mientras se aseó y vistió en el baño, todavía en penumbra.

"He sido admitida en el mundo de la magia. Y no estaré sola. De eso se trata todo este embrollo".

Había estado deseando y esperando con ahínco, desde que llegó a aquel rincón en el fin del mundo, una manifestación prodigiosa. Durante mucho tiempo creyó que se trataría de alguna criatura aproximándose con timidez para hacerse su amiga, aunque la alternativa no le parecía mal; antes, por el contrario, creía que aquello bien podía ser el mejor de los regalos. Furia era real y, si podía leer con corrección en sus ojos, era además una chica fenomenal. Lista, sensible, divertida. Acaso la mejor de las compañías.

Cuando salió del baño para empezar la rutina de todos los días, se atrevió ahora a expresar, en voz fuerte y clara:

—Gracias.

Y justo cuando ya iba a llamar a la puerta de la que en otro tiempo fuera su habitación, apareció Furia, también vestida, con las manos al interior de los bolsillos de su chaqueta, como todos los días.

—¿Cómo dijiste, abuela? —preguntó, intrigada.

—¿Yo? Nada, bebé. Nada.

La luz del nuevo día recién comenzaba a abrirse paso en el mundo. Y Madam sintió su alma insuflada cuando bajaron para ocuparse del cuidado de la casa. "Así que esto es la magia", pensó. Y se detuvo por un rato en el perfil de Iris mientras sostenía el cubo contra la corriente del riachuelo para llenarlo de agua.

—Qué te pasa, abuela —la cuestionó la chica al sorprenderla mirándola.

—Nada.

—"Nada. Nada"

Con una sonrisa socarrona, Iris levantó la cubeta, mirando de reojo, acaso llegando a alguna conclusión parecida.

"La magia de lo ordinario", se decía Madam, preparándose para una dicha específica, la de que sus últimos años los pasara de esa forma, acompañada por un ente de ficción concreta, del que ella era por completo responsable, entregándose a la insólita placidez de sentirse la más plena y la más millonaria, a pesar de no tener un solo centavo en los bolsillos. No le parecía una mala manera de morir, cuando llegara el momento.

Por su parte, Iris entablaba sus propios diálogos secretos. Nunca fue religiosa, así que también optó por hablarle a algún ente, alguna presencia, cualquier cosa que fuese responsable de todo aquello. Y al igual que Madam, había iniciado el desahogo durante la noche.

"No sé quién seas ni por qué haces esto. Sólo sé que yo tengo un futuro en algún otro lado, y que mientras más pronto me liberes, mejor".

Así...

Pasó el tiempo sin tiempo de ese lugar sin ubicación específica en el mundo.

Los días se sucedieron casi como una calca, unos de otros.

Iris se vio obligada a ceñirse a lo que sugería Madam sin oponer resistencia, porque, a fin de cuentas, ella había llegado a perturbar la vida de la anciana. Lo hacían todo juntas, aunque la adolescente comenzó a tomar por iniciativa ciertas tareas. Era mejor cocinera que Madam, así que ella preparaba casi todos los almuerzos. Igualmente, se encargó por completo del huerto y de cortar leña. Los paseos los hacían juntas, la mayor parte del tiempo, sin decir una palabra. Y, por las tardes, Madam se llevaba un libro a la planta baja para leer en voz alta ante una impasible Iris que extrañaba los días en que en verdad era una furia.

La biblioteca seguía clausurada. Acaso hubieran podido pasar las horas previas al crepúsculo sentadas en la terraza, pero Madam seguía sin dejar entrar a su visitante al recinto de los libros. La sola idea de invitarla a traspasar el dintel la hacía sentir todavía un extraño desagrado, como si ocultara algún penoso secreto. Para su fortuna, Iris nunca mostraba deseos de entrar, respetando aquella única condición de su anfitriona.

El clima seguía siendo de una naturaleza extraordinaria. Fresco por la mañana y la noche, tibio y con nubes meramente ornamentales en el horizonte; el río con el mismo cauce de siempre; el alimento, sin trazas de llegar a su fin. Les llegó a parecer que los sacos de grano, harina y cereal no disminuían a pesar de recurrir a ellos todos los días.

Sin embargo, Iris no dejaba de suplicar a quienquiera que fuese responsable de todo eso, que le permitiera continuar con su vida. E íntimamente, Madam pedía lo mismo. Porque, a pesar de saber que Iris no venía de ninguna parte, se comportaba como si fuese tan de carne y hueso como ella. Y esta posibilidad, desde luego, la abatía.

Una mañana en la que se encontraban paseando por uno de esos parajes que parecían cambiar de un día a otro, les maravilló la presencia de un oso frotándose la espalda contra un tronco. Se trataba de un viejo oso pardo, de pelaje brillante y cuya estatura, en dos patas, fácilmente superaba los dos metros. Se detuvieron con recelo y justo es decir que tuvieron miedo de ser descubiertas. Trataron de no hacer ruido pero fue inútil.

El animal, al posarse en sus cuatro patas, las olfateó. Luego, con un par de bufidos, se acercó a ellas. Madam sintió que el corazón se le salía por la boca, pues magia o no magia, la presencia del animal se sentía tan real como todo lo que vivían día con día. Iris cedió al impulso de tomar una rama del suelo para defenderse. El oso columpió la cabeza de un lado a otro y, con paso tranquilo, se allegó a Madam, que era la que estaba más cerca. Le pegó el hocico al cuerpo con curiosidad. Ella retrajo la mano derecha y el oso la siguió con la nariz para terminar lamiéndole la palma. Ambas se miraron cuando Madam, instintivamente, acarició la testa del oso, quien sacudió las orejas con júbilo. Luego, simplemente, se marchó.

No hablaron de ello en el camino de vuelta pero ambas confirmaron, con algo tan sencillo como eso, que lo que vivían no era normal en lo absoluto.

—Es una maldita locura —fue lo que pronunció Iris mientras aplastaba unos tomates para hacer salsa.

—¡Hey! Sin jurar, bebé —la reprendió Madam, quien ayudaba con la limonada.

—¿Qué maldito lugar de chiflados es este, eh?

Madam prefirió no decir nada, a sabiendas de que ella se hacía la misma pregunta en ese momento. Sin embargo, sí consintió una sola idea:

"No tengo la menor idea, pero me gusta".

Pensamiento parecido, al menos en parte, al que nació en la mente de Iris.

"Supongamos que tuviera cuatrocientos años, como esta señora, y no esperara más de la vida que una jubilación tranquila... este sería el lugar perfecto, sí. Pero en mi caso..."

No lo dijo con palabras explícitas, pero la idea era bastante clara.

"Tengo un montón de cosas por vivir. Y ninguna de ellas está aquí, con nosotras".

Luchaba contra la tristeza a cada minuto, pues en verdad esperaba que hubiese algún tipo de revelación, algún mensaje, lo que fuera, y pronto. Y deliberadamente impedía que Madam advirtiera que, si de ella dependiera, se marcharía para siempre sin siquiera despedirse.

Otra mañana, en el recuento de tantas mañanas, las llevó a un descubrimiento que les pareció infectado del mismo embrujo que se esmeraban por identificar.

Al interior de la bodega encontraron una guitarra.

Madam había pedido a Furia que le llevara unas tijeras para hacer jardinería, cuando ésta volvió casi enseguida al seto que Madam se disponía a podar, casi sin aliento. Un claro entusiasmo se reflejaba en su mirada. Había corrido de regreso y se sentía deseosa de participarle algo.

—¿Qué sucede? —dijo Madam.

—¿Puedo usar tu guitarra?

—¿Mi guitarra?

—Sí. ¿Puedo usarla?

La anciana se mostró intrigada.

Fueron juntas en dirección al almacén. En el interior, en una accesoria de la que cientos de veces antes Madam había tomado herramientas, hallaron una guitarra colgada de un clavo en la pared. La impresión de Madam no pudo ser mayor. En todo su tiempo ahí, era imposible que hubiera ignorado la presencia del instrumento. De hecho, era igualmente imposible que Daniel hubiese pensado en algo como eso para su estancia ahí, dado que sus dotes musicales eran nulas. Sólo había una explicación.

—Es tuya —resolvió Madam.

—¿Cómo?

—No lo digo en sentido figurado. Estoy segura de que ha sido puesta ahí para ti.

—Pero...

Madam la descolgó y la puso en manos de la chica. No era una guitarra vieja en lo absoluto, o maltratada. Pero tampoco parecía un instrumento bajado del cielo.

—¿Tocas la guitarra?

—Sí. Un poco.

"Lo recuerdo", pensó Madam. O creyó recordar, porque en efecto Furia tenía ese don en la historia. Parecía la pieza del rompecabezas del personaje que faltaba encajar y se sintió complacida. "Osada, graciosa, bella, simpática, sensible... musical".

No solía describir a sus personajes con listas como aquella, pero estaba segura de que, de haberlo hecho, habría elegido tales palabras. Miró con más ternura que nunca a Furia, pues le rompía un poco el corazón que sólo existiera gracias a un deseo suyo que algún bondadoso ente capaz de tales maravillas quiso cumplir. Ojalá hubiese tenido padres en realidad, y amigos, y una aventura. Ojalá formara parte de la memoria de alguien y no fuese sólo un compendio de palabras encerradas entre las portadas de un manuscrito jamás publicado.

—Odio cuando me miras así —soltó Iris.

—Lo siento.

La chica se sentó en un bote cerrado de pintura y se puso a afinar la guitarra. A Madam le pareció de una tremenda delicadeza que aquel que había puesto el instrumento en la bodega lo hubiese hecho cuidando ese detalle, como si deseara hacer ver que hasta la magia tenía límites comprobables.

Un ligero sobresalto inquietó a Madam. Luego, casi enseguida, lo desechó en su mente como algo imaginado. Una sensación parecida al recuerdo remoto de algún pendiente inconcluso. Se convenció de que, si no podía identificarlo, no tenía importancia.

Unos acordes dispersos llenaron el hueco del silencio.

Luego, el canturreo gentil de una melodía conocida sobre el trasfondo de ese rasgueo.

Madam se sintió estremecida.

"I wanna hold your hand", de Los Beatles, armonizada como si se tratase de una balada lenta y gentil.

No, Furia, la del mundo de la ficción, no podía tocar a Los Beatles. Pero era musical, estaba completamente segura. Recordaba que podía evocar los más puros sentimientos de quien la escuchaba cantar en el bosque. Aunque... aunque...

¿Era así?

¿En verdad era así?

Se sentó Madam en una caja de madera y escuchó a la chica terminar la canción sintiendo cómo era transportada con gentileza hasta ese mundo en el que nada importaba excepto la belleza y la paz y el presente.

—¿Estás llorando? —preguntó Iris al terminar.

—Oh, no es nada.

Y, a la vez, lo era todo, pues Madam había sentido exactamente lo mismo que debe sentir aquel que oye su canción de cuna después de décadas de no hacerlo.

—¡Vamos, abuela...! —dijo Iris sonriente.

—En realidad me entró polvo en este ojo.

—Sí, fue lo que pensé.

Era un principio de estabilidad para Iris, pues el único objeto que había lamentado dejar atrás era la vieja guitarra que le prestaba uno de los caballerangos de la hacienda, aquel tosco instrumento donde había aprendido a tocar las canciones que escuchaba con Ángela en la radio de la cocina.

Esa misma tarde tocó todo lo que se sabía del grupo inglés. Y unas cuantas más que, en su tersa voz, sonaban como si hubiesen sido compuestas sólo para que ella las tocara de esa manera. El tema de la novena sinfonía de Beethoven. Noche de paz. Hava Nagila. Por la noche, se sintió más entera al irse a acostar depositando la guitarra al lado de la cama, como si ahora fuera imposible separarse de ella. Pero un sentimiento de desolación quería asaltarla cuando meditaba un poco sobre tan sencillo milagro, pues era imposible no verlo como una suerte de soborno para hacer su estadía ahí más llevadera. Cerró los ojos intentando no darle demasiada importancia. El sentimiento de plenitud al tocar y cantar era tan genuino, al menos por los minutos que corrían al hacerlo, que prefería no cuestionarlo. Se durmió pensando en Ángela uniéndose con timidez a la letra de "She loves you", el cómo el mundo parecía perfecto cuando eso ocurría en aquella otra vida que dejó atrás.

Madam, por el contrario, sintió una leve opresión en el pecho cuando se recostó en el sillón reclinable en el que dormía desde hacía varias semanas. Aunque íntimamente agradeció al cielo, a la suerte, o a quien quiera que estuviese detrás de aquel repentino regalo, tampoco podía ignorar por completo la sensación de haber dejado un asunto importante sin atender.

Al cabo de varios minutos de no poder pegar el ojo, decidió levantarse y encender la flama de su lámpara de noche. Con ella en mano bajó las escaleras, atravesó la puerta de entrada y fue directo a la bodega. Era una noche quieta, como todas últimamente. Los luceros refulgían de forma llamativa y el viento apenas hacía vibrar las hojas de los árboles. Sólo se escuchaban los más tenues sonidos del bosque.

Entró al almacén para tratar de evocar ese sentimiento que la tenía tan mortificada de manera fehaciente.

No tardó nada en convencerse de que su pesar no era inventado.

Se puso de pie junto a la accesoria, en el mismo lugar en el que, horas antes, la había afectado aquella sensación. Levantó la luz para ubicar el sitio exacto de sus tribulaciones. En efecto, detrás de un par de azadones, halló aquello que no había podido ubicar con precisión al mirarlo por primera vez, seguramente porque estaba tan fuera de contexto que su mente no había podido darle un sitio en la realidad.

Una espada.

Una espada de refulgente acero con empuñadura dorada.

Una espada que, ella lo sabía, tenía nombre propio y un lugar en una historia.

Una espada.

Otra cosa que Daniel jamás habría puesto en el almacén.

Al esconderse entre el pasaje que dividía el gran salón y las habitaciones de la reina, Ursus supo que toda su vida había estado preparándose para ese momento. Íntimamente hubiera deseado nunca salir de su casa, nunca haber besado en la frente a su madre sin poder prometerle un pronto y feliz regreso. Pero no hay gloria posible sin dar, aunque sea, una mínima batalla, se dijo. Y con esos pensamientos sacó una flecha del carcaj a su espalda. Accionó el perno que abría la puerta del pasadizo. Se encomendó a la fe de sus ancestros.

El túmulo circular, Leonora Haastings

Apenas rompió el alba quedó claro para ambas que se habían terminado las vacaciones. Una espesa, sólida e inabarcable nube negra cubría todo el firmamento. Desde la primera línea del horizonte, tras los árboles, yendo de norte a sur y de este a oeste, una sola masa de robustos nubarrones impedía ver el cielo. Rayos cuyo trueno era apenas perceptible reventaban sin caer a tierra, creando destellos que simulaban grietas en aquella conformación. El sol concedía una débil luz por detrás del grueso telón, pero ahora no era sino un lejano comparsa.

Iris miró la guitarra mientras terminaba de vestirse. ¿Estaba pagando el precio de haber obtenido tan inusual obsequio? ¿Por qué tan repentino cambio?

Se sentó en el borde de la cama, abatida, con las manos apresadas por las rodillas. Se sentía un juguete de fuerzas extrañas que no acababa de comprender. ¿Qué oscuras razones la gobernaban? Tal vez nunca debió tomar la guitarra.

Tal vez debió seguir caminando y caminando hacia la línea del horizonte hasta dar con algo, con alguien que no fuera Madam Leonora. Tal vez su peor pecado era esa obligada resignación.

Madam ya estaba en la cocina cuando se reunieron. En el semblante de ambas se reflejaban idénticos cuestionamientos.

—Parece que va a llover con fuerza —soltó la anciana.

—Supongo que es mejor a que no llueva en lo absoluto —dijo Iris.

Y se miraron con esa irrepetible luz de entendimiento que había nacido entre ellas a lo largo de sus días en la cabaña.

Continuaron con su rutina de la mejor manera, aunque ahora el viento era frío y, por momentos, extremadamente vigoroso. No pospusieron el paseo por no rendirse ante un cambio de clima que, en otras circunstancias, les habría parecido de lo más normal; solamente se enfundaron en los dos impermeables que tenía Madam a la mano en su armario. Al igual que en otras ocasiones, el bosque les ofreció mínimos pero notables cambios: un enorme arbusto de helechos que antes no estaba ahí, el caprichoso dibujo de un tronco en forma de letra N, un solar inédito y una pequeña cumbre completamente nueva. Y el viento. Y el frío. Y la funesta presencia de unas nubes que no se animaban a descargar la lluvia que las saturaba.

Como otras veces, esperaron la noche sentadas en la veranda, sosteniendo sendas tazas de té que invariablemente terminaba por enfriarse. Esperando. Siempre esperando, aunque en esta ocasión el extremoso cambio en el panorama se antojaba el más grandioso de los heraldos.

Algo estaba por pasar, se sentía, se presentía. Y no había modo de evitarlo.

Antes del crepúsculo, Iris tocó en la guitarra melodías sin dueño, melodías que iban acudiendo a sus manos y su voz como apuntes necesarios para aquello que solamente podían adivinar.

—Creo que es importante que sepas algo —fue con lo que Madam interrumpió una de tantas variaciones melódicas matizadas por los leves truenos que esporádicamente surgían aquí y allá.

Iris dejó de puntear la guitarra, dejó de perseguir la pieza sin origen y destino que aparecía por primera vez en el mundo. Levantó la cabeza y miró de reojo a Madam.

—Me hace muy feliz que estés aquí, conmigo, Furia —se sinceró ésta—. Pero al igual que a ti, no me parece justo.

Iris experimentó un leve sentimiento de gratitud.

—Si de mí dependiera —dijo Madam—, te mostraría el camino para que volvieras a encontrar el rumbo que perdiste. Está muy bien que me hagas compañía, pero no deberías estar aquí. Y lo lamento mucho.

Iris se permitió, por primera vez en todos esos días, tocar a Madam. Apoyó la guitarra en el suelo y puso su mano derecha en el hombro izquierdo de ella. Se sintió bien. Apretó sutilmente.

—Gracias —fue todo lo que dijo, aunque hubiese deseado extenderse más. Expresarle que significaba mucho para ella que pensara así porque en verdad no era justo y no estaba bien y durante toda la tarde había estado agradeciendo aquel cambio que seguramente significaba el anuncio del final, cualquiera que éste fuera. Pero no quería lamentar el día que al fin se marchara; y así lloviera torrencialmente o se abriera la tierra por algún terremoto inesperado, así fuese arrebatada por alguna fuerza natural o por su propio pie, terminaría por irse. Y no quería sentirse mal por ello.

No hubo más música.

La contenida amenaza del cielo continuó durante toda la noche.

Y el día siguiente.

Y el siguiente.

La nueva espera resultaba ominosa, aunque todas las tardes se sentaran en el mismo sitio y Furia tocara del mismo modo mientras Madam leía sin apuro alguno. Ambas convinieron tácitamente que, el día que lloviera al fin, sería el clímax de aquella intrigante espera. Y aunque anhelaban la primera gota, también la temían de igual manera.

Sólo una charla vale la pena rescatar de aquellos días en que se imponía el frío, la humedad y la sombra. Madam le preguntó a Iris si no se sabía Yesterday, su canción favorita de Los Beatles. Iris respondió que no la conocía, y a la anciana le pareció un detalle decididamente encantador, seguramente propiciado por la disparidad de tiempo y espacio en que vivían. Le dijo que, de tener un mínimo talento para la música, se la cantaría, pues estaba segura de que Furia la encontraría perfecta. Le sonrió con una ternura inédita, pues habría sido un regalo insuperable, un hallazgo que lamentablemente le era imposible obsequiar.

Fue al undécimo día, o tal vez a las dos semanas, aunque en realidad no importa, cuando al fin ocurrió ese cambio en la trama que habían estado esperando desde el momento en que el cielo se ocultó definitivamente de sus ojos. Se encontraban regresando del paseo de media mañana cuando lo escucharon al mismo tiempo. Se detuvieron antes de cruzar el río. Y aunque el reloj cucú indicaría que tal vez fueran las doce de la tarde, la gris tenebra en la que estaban sumidos todos los días hacia parecer a todas las horas la que antecede al ocaso.

Un golpe de tierra. Otro. Y otro más.

Se aproximaron a la casa y se giraron para confrontar el bosque.

Algo se acercaba. Algo de enormes y pesados pasos.

Algo que hacía crujir las ramas y revolotear a las aves.

De pie, con el corazón en vilo, se quedaron donde estaban, a unos pasos del porche de madera, aún paradas en el caminito de piedra.

Iris tomó la mano de Madam, detalle inesperado que hizo pensar a ésta que, cualquiera que fuese la visita inesperada, valdría la pena sólo por regalarle ese instante.

Un nuevo retumbar. Otro. Otro. Cada uno siempre más pesado y más estruendoso que el anterior.

Al fin, se agitaron las copas de los árboles aledaños.

Por un segundo Madam se preguntó si no había sido una estupidez esperar ahí. Tal vez debió invitar a Furia a entrar en la biblioteca por primera vez pese a todo. Tal vez desde la altura de la terraza hubiera sido más fácil enfrentar aquello que, evidentemente, estaba a unos segundos de mostrarse.

No hubo tiempo de más miedos y más dudas.

Las copas de los árboles de la primera línea fueron empujadas hacia los lados para dejar pasar un monstruo de varios metros de altura.

No había otra forma de describirlo.

Un monstruo.

Se trataba de una negra figura humanoide sin rasgos identificables, una especie de mole oscura cubierta de los objetos más inverosímiles. Papeles, muebles, lámparas, libros, sombreros, pinturas enmarcadas, discos de vinil, alfombras, muñecos de cerámica, macetas, juguetes, fotografías. Lo más fácil hubiera sido pensar que estaba conformado por basura, pero ninguno de tales objetos daba la impresión de haber sido desechado. Era más bien como si aquel amasijo diverso hubiese sido arrebatado de la habitación de su dueño, muy a su pesar. El monstruo no era sino un gigante de materia negra, viscosa, con todas aquellas cosas enterradas a medias en su piel gelatinosa. Medía apenas un poco menos que los pinos de quince metros de altura que formaban la piel del bosque. Y ningún sonido emitió al detenerse, una vez que dejó atrás la tupida vegetación.

El terror más primitivo invadió a ambas mujeres, aunque ninguna se movió un centímetro. Sintieron al unísono cómo un escalofrío las recorría de pies a cabeza, pues no cabía duda de que estaban ante un fenómeno que escapaba por completo a cualquier explicación racional.

Se afianzaron de sus manos, único salvavidas al alcance en tan terrible momento.

El viento arreció. Las nubes escapaban para dejar su lugar a otras nubes. Los cabellos de ambas se rebelaban frente a sus rostros.

Sobre la cabeza de aquel gólem de lodo negro revoloteaban algunas aves, viva prueba de que estaba ahí, que no era sólo una visión. Pero no tenía ojos ni boca y súbitamente se encontraba quieto, de brazos caídos.

Un movimiento de su velada faz hizo evidente que contemplaba a Furia y a Madam, como cuando alguien de rostro embozado dirige su mirada a través de la tela.

Al cabo de unos segundos de confrontación silenciosa, Iris se atrevió a hablar.

—¿Qué es eso?

—No tengo la menor idea —respondió Madam.

Una silla de madera, incrustada en el brazo derecho del monstruo, bajó un poco hasta el codo, rindiéndose a la fuerza de gravedad por breves segundos.

Un deslumbrante rayo hizo grieta en la nube más próxima a aquel titán, alcanzándolo sin dañarlo. El estallido fue inmediato, dejando sordas por unos segundos a ambas mujeres en tierra.

Los postigos de una ventana, tras de ellas, golpearon con fuerza.

Por varios segundos fue como escuchar el silbido de una bomba antes de caer.

"La guitarra", pensó entonces Iris, como si fuese una conclusión lógica. Era un objeto entre tantos objetos. Y tal vez su lugar estaba entre todas esas cosas extrañas, sujetas a la asquerosa piel del monstruo. Desvió la mirada unos momentos, la guitarra se encontraba en la mecedora de la veranda. Acaso bastara con…

El gigante interrumpió sus pensamientos al levantar el brazo derecho con lentitud. Y con ello produjo que aquella silla de madera cayera a tierra, al igual que otros objetos minúsculos que no alcanzaron a distinguir.

Instintivamente se echaron ambas hacia atrás, aunque sus pies seguían afianzados al caminito de piedra.

La mano del monstruo señaló a ambas.

"Ven", dijo, sin más, con una estentórea y gruesa voz, alargando la silaba por un par de segundos.

"Prueba que vales cada zurcido", agregó sentenciosamente, como una trompeta del apocalipsis.

Luego, bajó el brazo y, con la misma pesada lentitud con que había llegado, se dio vuelta y caminó de regreso al bosque.

Sus pasos se fueron haciendo más y más lejanos. En un par de minutos ya sólo se adivinaba su avance por la sacudida que confería a los árboles a la distancia.

Ambas mujeres, petrificadas, retuvieron en su interior las palabras de aquella espantosa aparición. Ambas se sintieron aludidas, pues había dicho "ven" sin referirse específicamente a ninguna. Ambas se preguntaron el significado de aquella visita.

Pero sólo Madam sintió el corazón convulso.

Sabía que se refería a ella.

Tragó saliva y dejó que el cuerpo se rindiera a los temblores que la sacudían. Repentinamente la magia ya no era algo tan gozoso como había imaginado. Sintió deseos de llorar pero decidió hacerse la fuerte.

—¿Habrá que seguir a esa cosa? —preguntó Iris.

—No creo que sea obligatorio.

—¿A qué se referiría con eso del zurcido?

Madam lo sabía, y no obstante...

—No sé.

—Tal vez haya que ir en pos de él.

—Tal vez. Y tal vez no.

Un ligero desmayo la sacudió. Iris tuvo que asistirla. La llevó hacia la mecedora de la veranda, donde le ayudó a sentarse.

—Gracias, Furia.

—Tengo miedo.

—Yo también.

—Tal vez debería…

—¡No!

—Pero…

—No te preocupes. Volverá. Estoy completamente segura. Pero no hoy. No hoy.

—Me mentiste.

—Lo siento, Marla.

—Uno miente por miedo o por maldad. ¿Cuál es tu excusa?

—Miedo.

Marla bajó la mirada. Siguió trabajando en su costura

—Miedo a lo que pueda pasarte —resolvió Argon en un murmullo.

Saga de la tierra olvidada – "Tres anillos",
Leonora Haastings

Cayó la lluvia. Un chubasco vertical que las obligó a encerrarse. En la casa y en sí mismas.

Iris no dejaba de pensar que, si quería precipitar el final de aquella insólita aventura, tendría que ir. Porque con toda seguridad el monstruo se refería a ella. Había que pasar una prueba, eso estaba claro, y era imposible que el demonio demandara a la vieja cumplir un desafío de ningún tipo. No había modo de rehuir tal destino. Había venido por ella. Aunque tenía miedo, claro que tenía miedo. Y mucho. No había pedido nada de lo que ahí acontecía, pero no se le pedía su consentimiento. Se refería a ella. No cabía duda. Y tendría, tarde o temprano, que acudir.

Madam, por su parte, sólo se deshacía en ocultos remordimientos. Su obcecada petición de un milagro la había llevado hasta ese punto. Y no le gustaba. El compartir el mundo con un personaje de ficción le resultaba demasiado ilusorio, algo por lo que no valía la pena entusiasmarse, como una niña que habla tanto con su muñeca que termina por creerla real. Y ahora, el ser aludida por un pesadillesco gigante la convencía de que, quienquiera que estuviese detrás de todo aquello, no tenía un gramo de bondad en el cuerpo. Lo sabía. Sin posibilidad de error. Porque incluso en sus últimos escritos, los de hacía casi cinco años, fecha en que había dejado de arrastrar la pluma, todavía repetía, al iniciar un nuevo capítulo de alguna novela, la consabida frase de siempre.

"Que cada zurcido cuente".

Lo había utilizado desde sus primeras novelas y lo había sostenido hasta las últimas. Aquel monstruo lo sabía. Inexplicablemente, lo sabía. Y le demandaba probarse a sí misma con aquella aseveración, que la había acompañado, para fines prácticos, toda su vida.

La noche fue oscurísima, como todas las de las últimas dos semanas, en donde la luna y las estrellas estaban ocultas por completo. Tan sólo se animaron a una mínima charla cuando se despidieron en el pasillo de la planta alta, como solía ser su rutina.

—Por más que lo pienso, no hallo el sentido a esa frase en torno al zurcido.

Madam mintió:

—Yo tampoco.

—Pero creo que no podemos evitar que yo vaya.

—¿Tú?

—¿Quién más?

—Nadie. Nadie, Furia.

Una fugaz mirada, plena de responsabilidad adulta, bastó para que Madam comprendiera a lo que se refería aquella chica.

—Podemos ir ambas —intentó recular.

—No creo que valga —dijo Iris.

"No importa", se reprimió Madam. "Tú no deberías estar aquí. Esa cosa tampoco. Que el tiempo siga su extraño curso hasta el fin de mis días. No tienes que acudir. Yo tampoco. Nadie".

En cambio, se mantuvo en silencio.

—Seguro que al menos… —dijo Furia, repentinamente infectada de madurez—, podremos obtener algunas respuestas de ese monstruo. ¿No quieres saber el sentido de todo esto, Madam?

La septuagenaria señora, sintiéndose una niña de siete años, tuvo que asentir, aunque con un evidente gesto de desagrado.

Se regalaron el buenas noches con el que clausuraban todos los días y se encerraron en sus respectivas habitaciones, aunque Madam no fue directamente a su sillón reclinable sino que se mantuvo de pie en la ventana por varios minutos, viendo caer la lluvia en la terraza.

Había sido su primer trabajo, cuando era una chica huérfana en la gran ciudad, el zurcido de ropa vieja. Se tuvo que unir a un cuerpo de costureras con el fin de no morir de hambre. Y siempre que remendaba, pensaba: "algún día haré otra cosa, una que me permita pensar en un futuro mejor". El paso del tiempo le permitió progresar poco a poco, con trabajos esporádicos y estudios persistentes en escuelas forzosamente nocturnas. La escritura nació como una necesidad por mantener vivo el espíritu, pues el alimento del cuerpo lo pagaban sus precarios empleos.

En ese ánimo escribió *Las hijas del fuego*. Pero fue hasta *La perla dorada*, su primera novela publicada, que adquirió el hábito de no sentarse a escribir sin antes decir, para sus adentros: "Que cada zurcido cuente", rememorando el tiempo en el que zurcía para vivir, obligándose a sí misma a comparar la escritura con ese otro trabajo donde se compelía a siempre hacer bien las cosas para nunca tener que mirar atrás.

Y ahora tenía que demostrar que valía cada zurcido.

Se quedó contemplando la noche por un largo rato, odiando en secreto al monstruo, a Furia, a sí misma, añorando los días en los que la monotonía era el mayor de sus problemas.

Los cantos de los gallos despertaron a ambas como todos los días, aunque ninguna durmió con soltura. Por primera vez en todo ese tiempo, Iris se atrevió a llamar a la puerta de la biblioteca. Madam se despabiló para abrir, aunque cubriendo la entrada.

—Se me acaba de ocurrir algo —dijo Iris—. Vístete y acompáñame.

Madam, intrigada, obedeció. Tras la puerta cerrada, se arregló a toda prisa. Luego, sin pasar antes al baño, como siempre hacía, fue detrás de Iris, quien la esperó en el descansillo de la escalera sosteniendo una lámpara encendida.

Abandonaron la cabaña, ambas enfundadas en impermeables, aunque ya no llovía. El sol aún no se anunciaba detrás de las montañas, aunque los gallos ya anticipaban su salida.

Iris caminó con decisión sobre la hierba húmeda. El riachuelo mostraba un mayor torrente, aunque se mantenía fiel a su cauce, por lo que seguía siendo fácil cruzarlo. Ellas siguieron en dirección al bosque y fue sólo hasta que ya estuvieron cerca de los lindes de la gran arboleda que Madam comprendió la inquietud de Furia.

Las hojas de los árboles goteaban esporádicamente. La noche perdía terreno.

Con cortos pero decididos pasos, la chica se plantó frente a una silla semi enterrada en el lodo. Era la misma que había caído del cuerpo del gigante. Iris la jaló hacia sí hasta que pudo liberarla. Era una silla tipo americano, de madera clara, sin ninguna peculiaridad aparente. La depositó en cuatro patas sobre la musgosa tierra.

—Una silla. Una simple silla —sentenció.

—No entiendo nada —admitió Madam—. ¿Qué clase de monstruo es ese?

Iris abandonó la silla y, acercando la lámpara al suelo, caminó por los alrededores. Se acuclilló para tomar algo.

—Un reloj de pulsera —le mostró a Madam levantando el brazo.

Un reloj de manecillas con carátula deteriorada y correa de plástico roja. Eso era todo. Y tampoco parecía tener nada de especial.

Madam se sumó entonces al análisis de la zona. Y descubrieron, aquí y allá, otros objetos que evidentemente se habían desprendido del cuerpo del gigante el día anterior.

Un bolígrafo azul de botoncito, averiado.

Un cenicero de cerámica en cuya brillante superficie se leía, a colores: "Las Vegas".

Un separador de libros con una cinta morada atada al orificio de uno de sus extremos.

Y algo que definitivamente tenía que aportarles alguna pista: una fotografía enmarcada sobre un cartón pintado burdamente y adornado con lentejuelas, como realizado por un niño en la escuela. En dicha foto se apreciaban dos chicos sonrientes en la orilla de una piscina.

Intrigadas, una vez que resolvieron que ya no había ningún otro objeto extraño por ahí, volvieron a la casa. El cielo ya clareaba y les fue más fácil el regreso. Dejaron la silla en el porche y entraron a la cabaña. Sobre la mesa que siempre ocupaban para comer, Furia puso un trapo y, en éste, depositaron los objetos recuperados, todavía sucios de tierra y humedad.

Fue Madam quien primero lo notó, a la cercanía de la lámpara.

—¿Eres tú?

Los de la foto eran niño y niña. No pasaban de los diez años. Y la pequeña daba un aire familiar a Furia, quien se aproximó a la foto sin levantarla.

—No —dijo, sin más.

—Pero…

—Sí, lo sé. Pero no soy yo.

—¿Algún pariente?

—No lo creo.

Alineados sobre el trapo, el bolígrafo, la foto, el reloj y el cenicero conformaban una singular colección que no les decía nada. Terminaron por concluir que la semejanza de aquella niña con Furia no era sino una rara coincidencia.

Volvieron a su rutina, a su andar letárgico de cada día, sin decirse nada más. Las nubes seguían cubriendo por completo la bóveda celeste y la temperatura seguía siendo baja. Atendieron a los animales, el huerto y su incipiente apetito. El paseo prefirieron postergarlo. Y terminaron por sentarse a la veranda a la espera de algo, lo que fuese, sin atreverse a admitir que, de no volver el monstruo, tal vez ninguna haría nada por obedecer su orden.

Furia dejó las canciones de Los Beatles y siguió con ese rasgueo melancólico desestructurado que parecía funcionar mejor en un clima gris como aquel. Madam leyó en silencio todo lo que pudo.

Luego, a media tarde, volvió ese sonido inconfundible.

Ese rítmico golpe sordo sobre la tierra.

Dejaron lo que hacían y miraron hacia el bosque sumando los latidos de sus corazones a aquel cansado pulso.

Aguardaron sin decir nada, evitando cualquier rechinido en las cadenas de la mecedora.

Aunque les pareció interminable, no debieron pasar ni cinco minutos desde que notaron sus pasos, cuando el mismo monstruo del día anterior surgió del bosque, aquel coloso de brea con los objetos más increíbles y cotidianos pegados al cuerpo. Esta vez no levantó el brazo para señalar. Solamente dijo:

"Ven".

Con el mismo tono grave que se transmitió al suelo hasta que Iris y Madam lo sintieron en sus extremidades.

"Prueba que vales cada zurcido".

Esta ocasión aguardó un poco más que la anterior. Un minuto o dos de estática contemplación. Luego, se volvió a abrir paso entre los árboles para sumirse en el bosque.

—Tengo que ir —dijo Furia.

—¡No! ¡No tienes!

—Sí. Sé que sí. O jamás sabremos de qué se trata todo esto.

Puso la guitarra sobre la banca y echándose encima la capucha de la chamarra, se dispuso a avanzar con los manos en los bolsillos.

—¡No, espera! —insistió Madam—. ¡No vayas!

—Ya te dije. Tengo que. Prometo no correr ningún riesgo estúpido.

—Es que… en serio, no debes ir.

—Ya te dije que sí.

—No. No lo entiendes.

—¿Por qué?

—Porque… Soy yo la que tiene que ir.

Furia se volvió, intrigada. Había comenzado una lluvia gentil, una repetición más sosegada que la del día anterior.

—¿De qué hablas? ¿Por qué lo dices?

—Porque eso del "zurcido"… me compete a mí. Lo sé. Estoy completamente segura.

Furia la miró con un dejo de decepción. Ya antes había negado Madam saber algo.

—Disculpa. Debí contarte —añadió Madam—. Pero tenía miedo.

Furia volvió a su lado. Se sentó nuevamente en la mecedora.

—Tengo miedo —rectificó Madam—. Pero sé que tengo que ir.

Furia suavizó el rostro.

—Podemos ir juntas.

Madam sonrió. Se animó a tocarla, a poner su arrugada mano sobre la de ella, tersa y menuda.

—Podemos intentarlo. De acuerdo.

—¿Ahora?

—No. Mejor mañana.

Porque lo sabían. Sabían que el monstruo volvería y repetiría la orden. Y que, listas o no, habían de obedecer.

La certeza de tal misión se coló en su estado ánimo. Una mezcla de excitación y miedo hizo presa de ellas por el resto de la tarde, la noche y la mañana siguientes. En ambas nacía la especulación respecto a qué les llevaría tal desafío, pero ninguna se atrevía a concluir nada. Iris esperaba que aquello no implicara ningún peligro, y que desembocara en la recuperación de su libertad. Madam sólo quería despertar ilesa de ese sueño. Aunque se sentía inesperadamente feliz en la compañía de Furia, tampoco quería alargar innecesariamente algo que no tenía ninguna razón de continuar.

Se apostaron en el mismo sitio de siempre, la banca mecedora sobre la veranda, sólo que esta vez sin libro y sin guitarra. La espera las llevó a tener una plática totalmente mundana, pues ninguna quería tentar al mal sino hablando de lo que se avecinaba. Conversaron de lo lindo que sería tener una mascota real, un perro o un gato, o tal vez domesticar un zorrito, hablaron de cultivar flores y no sólo hortalizas, hablaron de escribir poesía y canciones, hablaron del mundo sin referirse al mundo. Y de la vida sin darse cuenta de que lo hacían.

Al fin, coincidiendo con una risa espontánea que surgió de ambas y que tuvo que morir enseguida, percibieron el primer golpe de tierra a la distancia. No se soltaron con la mirada. Se obsequiaron una media sonrisa.

Entonces Madam se acercó al alféizar de la ventana y, asomándose al interior, tomó algo con su mano izquierda.

—¿Qué diablos es eso? —preguntó Iris.

—¿Qué te parece que es?

La espada la hacía ver ridícula, pero no hallaba otra razón para que hubiese aparecido en la bodega que ese. Y el momento era justo.

A los pocos minutos apareció el monstruo, entre las altas coníferas.

"Ven", rugió.

"Prueba que vales cada zurcido", añadió como las veces anteriores.

Madam e Iris, tomadas de la mano, avanzaron en dirección al monstruo, que aún no se movía de sitio. Y no lo hizo esta vez. Se mantuvo firme, contemplándolas con curiosidad.

Ellas caminaron hasta la orilla del río, Madam casi arrastrando el arma. El monstruo, inmóvil.

En la cercanía era posible distinguir más objetos incrustados en su extraña piel. Un frasco, una paleta de caramelo, una ficha de dominó, un biberón, un zapato...

Madam e Iris se quedaron estáticas también, esperando el momento en que la mole se diera la vuelta, como siempre, para seguirlo. Pero, por primera vez, no parecía interesado en dejar el sitio en el que solía presentarse.

—No entiendo —dijo una.

—Yo tampoco —concedió la otra.

Al cabo de varios minutos en los que sólo se escuchaban los apagados truenos con los que rugían las nubes, fue Iris la que tuvo una ocurrencia.

—La espada. Quizá no deberías cargar la espada.

Madam asintió y la depositó en el suelo. Aguardaron un poco. El monstruo seguía sin moverse, sólo contemplándolas con esa faz sin boca y sin ojos. Una garza quiso posarse en el hombro izquierdo del gigante, donde asomaba algo parecido al teclado de un piano, mas al darse cuenta de que no era terreno seguro, escapó volando.

Ahora fue Madam quien tuvo la intuición. Y supo que esta vez sí era la correcta, aunque le pesó en el alma.

Con gentileza, soltó la mano de Furia.

Eso desató las cadenas invisibles del monstruo, quien inició su camino de vuelta al bosque.

Comprendieron ambas al mismo tiempo, mas fue Iris quien lo puso en palabras. Sutiles palabras que denotaban tristeza.

—No puedo acompañarte.

—No. Por lo visto, no puedes.

Madam se inclinó para recoger la espada. Y un indómito temor nació en su pecho. Ella, un monstruo, una espada, la tarde gris y el bosque. ¿Podía ser más absurdo?

—Por favor… —dijo Iris, en un susurro, como si le diera vergüenza ser escuchada—. Por favor, vuelve.

Y Madam sólo pudo responderle con una mirada de reojo y un apretón cariñoso.

"No tendrás otra oportunidad", pensó Temple al estudiar el mapa. Las gotas de sudor amenazaban con caer sobre el viejo pergamino. Había que retener nombres, símbolos, dibujos. Era demasiado.

—Vamos —presionó su muñeca Furia—. Sé que puedes.

Temple sintió un dejo de optimismo.

"Sí. Tal vez pueda. Debo hacerlo".

Las hijas del fuego, Leonora Haastings

La oscuridad era completa cuando regresó. La lluvia caía como siempre que el monstruo se marchaba. Iris la esperaba en el mismo lugar en el que solían sentarse a ver morir la tarde y nacer la noche. Tenía una linterna prendida y los ojos fijos en el oscuro escenario del bosque.

Madam llegó escurriendo, con el impermeable húmedo y brillante, la espada en su mano izquierda, de punta contra el suelo, como si fuese un cayado o un bastón. El rostro taciturno.

Iris fue hacia ella, a mitad del camino entre la casa y el arroyo, como si necesitara asistirla, aunque nada indicaba que Madam viniese derrotada o algo parecido.

—¿Estás bien?

—Sí. Creo —respondió la anciana, titubeante.

—¿Crees?

—No. Estoy segura. No te preocupes.

Caminaron hacia la casa y, una vez que Madam se deshizo del impermeable, se encerraron al interior, donde la chimenea ardía y Furia ya tenía listo un pan recién horneado, algo de jalea para untar y agua lista para poner el té. Ávida por escuchar a Madam, la llevó a la mesa y la atendió sin hacer preguntas. Luego, sin más, se sentó frente a ella con su propia taza humeante. En el fondo sabía que no había resolución, o el clima habría cambiado. Así como en algún momento previó que la lluvia vaticinaría el clímax, el sol les llevaría el desenlace. Y seguía lloviznando.

—Es todo muy extraño —fue lo que dijo Madam una vez que dio un par de mordidas a su pan y se calentó las manos con la taza.

—¿Por qué?

—Por todo.

Se dejó llevar por un par de minutos más sin decir palabra; en sus ojos se reflejaba más el desconcierto que alguna conmoción. Sosteniendo la taza, golpeaba suavemente con sus dedos sobre ella, meditando, reflexionando. De pronto llevó sus ojos a aquel mueble donde Furia se había ocultado la primera vez. Los objetos caídos del monstruo se encontraban apilados sobre la estrecha superficie próxima a las puertas de la vitrina. El cenicero. El bolígrafo. La foto. El reloj. El separador.

—Tenía yo… —dijo, llevando de nuevo sus ojos a un punto fuera de las paredes de aquella casa.

—¿Tenías…?

—Tenía que matar a aquella sombra. Era lo que se me pedía.

A su mente vino la caminata que hizo en pos del gigante. Resoplando por la velocidad que tenía que imprimir a sus pasos a través del bosque y sus recovecos, avanzaba sin perderlo de vista, temiendo a veces por la integridad de algunos árboles que el monstruo debía apartar con fuerza para caber entre ellos. Así hasta llegar a un claro en el que, repentinamente, lo perdió.

En un amplio espacio libre de árboles, con el césped bien cortado y algunas rocas de superficie lisa, flores en matojos con un orden específico y todo dispuesto de modo que aquello más parecía un jardín que una zona silvestre, se halló sola, sin compañía alguna y sin dirección que seguir. Las nubes tronando y el viento soplando. Y nada más.

—¿Hola? —se atrevió a decir Madam después de unos instantes.

Luego, del muro de árboles que se levantaba frente a ella, justo por donde debía haber continuado su paso el monstruo, apareció éste de nueva cuenta, sólo que era una versión muy reducida de él mismo, prácticamente del mismo tamaño que Madam, sin nada que sobresaliera de su viscosa y negra piel.

"¿Qué eres?", dijo ella sin pronunciar palabra. "¿Qué deseas?".

"Soy sus recuerdos. Todos ellos. Todos los posibles", dijo la voz del mismo modo, sólo sonando en su mente.

"¿Mis recuerdos?".

"No. Los de ella".

Madam, a la mesa de su cabaña, dirigió una mirada fugaz a Furia, pues aquella frase la había conmocionado tanto que, ahora que la tenía a su lado, quería cerciorarse de que lo que sintió había sido real. Un golpe en el corazón. Una tajada en el espíritu.

"¿Y qué tiene que ver conmigo? No lo entiendo. Ella no es real".

"Lo es".

Un estremecimiento hasta el último de sus huesos y sus fibras nerviosas. Furia era real. Una chica con una vida. Una chica con recuerdos.

"¿Qué deseas de mí?".

"Acaba conmigo".

"¿Con sus recuerdos? ¿Por qué? No lo entiendo".

"Arrastrabas la aguja. Arrastrabas la pluma. Zurcías. Escribías. Corregías. Creabas. Construiste un futuro que se volvió un pasado. ¿Valió la pena?".

"No entiendo. Claro que valió la pena".

"Pero quieres que ella tenga su propio futuro, para hacerlo su propio pasado".

"Sí, lo deseo".

"Acaba conmigo y retenla. Déjame ir y permítele marchar. Pero si esto último es lo que eliges, hay un precio a pagar".

"El que sea".

"Todo el estante quedará vacío".

Ahora Madam dirigió los ojos al fuego en la hoguera. Un brillo en el lagrimal traicionó lo que estaba sintiendo. Pensó en lo mucho que le costaría subir las escaleras. Entrar a la biblioteca.

"Puesto que has titubeado", dijo la sombra, "te daré una semana entera".

No comprendía. Pero sí sabía. Sabía a lo que se refería aquel ente siniestro. Del mismo modo que dio con la referencia a los zurcidos, ahora lo hacía con lo del estante.

El estante.

Y las implicaciones la asustaban.

—¿Estás bien? —dijo Iris.

—Eh… sí.

Aquella sombra no dijo más. Así como surgió del bosque, así volvió a él. Y Madam fue libre de desandar el camino, espada en mano. La lluvia inició al momento justo en que perdió de vista a aquel horrendo visitante.

—¿Quieres contarme? —insistió Iris.

—Eh… claro.

—Decías que tenías que matar a aquella sombra.

Madam miró de nueva cuenta a los objetos acomodados en aquel trinchador. El cenicero que decía "Las vegas". El bolígrafo. El separador con el listón morado. La fotografía. Específicamente… la fotografía.

Un futuro que idealmente se volvería un pasado.

"¿Qué tengo yo que ver con esto?", no dejaba de preguntarse Madam. Porque si Furia era real, si ella no la había creado… ¿qué las conectaba como para que tuviera que tomar una determinación tan demoledora al respecto de su propia vida?

No lo comprendía. Pero lo sabía. Sabía que aquella foto era un recuerdo de Furia. Uno que aún no llegaba. Y de ella dependía que algún día llegara.

—Sí. Tenía que matar a aquella sombra… pero no lo hice. Y no lo haré.

—Pero…

—No te preocupes. En una semana todo terminará. Y tú podrás irte.

Iris la miró con una mezcla de alegría y perplejidad.

—¿Es en serio? ¿Así de simple?

—Te lo prometo.

La sonrisa en la cara de Iris, de Furia, de aquella chica salida del vacío para volverse un mundo, ahora fue deslumbrante.

—Estoy segura de que algo me ocultas, pero no importa. Te agradezco. Lo que sea que hayas hecho, te lo agradezco.

—No hice nada. Eso es lo más curioso.

Pero odió la magia. Toda ella. Una vida entera haciendo volar a los dragones por el cielo, a los espectros hablar con los vivos y a las ninfas probar la lealtad de los hombres, una vida entera para nada. Porque ahora odiaba esa misma magia que alguna vez le había encendido el corazón.

—Estoy cansada —resopló—. Creo que me retiraré a dormir.

—Está bien —dijo Iris.

Madam se levantó y la chica se rindió a un impulso en cuanto ésta arrimó su silla. La abrazó como si las uniera algo más que una simple circunstancia. Madam tardó en devolver el abrazo porque sentía una tristeza iracunda, un sinsabor, una nostalgia por algo intangible, pero en cuanto se animó a rodear también a Furia con sus brazos, una oleada de plenitud le recorrió todo el cuerpo, como si de pronto hubiese recuperado una parte de sí misma. Tardó en soltarse de ella sólo porque no deseaba que la viese llorar. Cabizbaja, se retiró a la biblioteca.

Y en cuanto traspasó la puerta, fue directo a la terraza sin desviar la mirada. Atravesó la transparente cortina del aguacero. Estuvo quieta, mirando en lontananza, hasta que comenzó a tiritar y pudo arrancarse ese tenaz sentimiento del cuerpo.

Cerró de nueva cuenta la puerta del balcón y, pese a estar empapada hasta los huesos, fue a su mesita, encendió una vela y, luego, directamente a sus libreros. Inició por el límite pegado a la puerta de la terraza y posó su mano sobre el tercer estante, aquel que comprendía la obra de una sola autora. Avanzó a lo largo del librero acariciando los lomos de todos aquellos libros que sólo se debían a Leonora Haastings. En el pausado transcurrir de títulos observó cada uno con melancolía. Las sagas. Los volúmenes de cuentos. Las novelas. Los libros ilustrados. Así, fue de principio a fin y luego de regreso, con la débil luz de una llama entre las manos y otra en el rincón más remoto de su espíritu.

Seguía sin comprender, pero no sin saber.

Abominó de la magia pero, al sentarse en su sillón de siempre, a pesar de estar chorreando agua todavía, se sintió muy confortada. Aquella fotografía de aquellos dos niños sería tomada en algún momento. Y eso lo compensaba todo.

Se sintió relajada enseguida. Descubrió que no necesitaba secarse el agua o ponerse una piyama siquiera para poder conciliar el sueño. Del otro lado de la puerta, una chica de quince años hacía el ruido necesario que hace una adolescente achispada para poder irse a dormir. Canturreaba incluso. Y eso le gustó a Madam. Mucho.

"El mejor camino hacia el desasosiego es la información. Prefiere la ignorancia si deseas mantener lejos la pena", leyó Casilda en el grimorio.

La perla dorada, Leonora Haastings

Fue a mitad del sueño que la asaltó otra inquietud. Una similar a la de la noche de la espada, sólo que ahora de una contundencia mucho mayor. Se despertó agitada y se incorporó enseguida. Ya no estaba mojada. Parecía que nunca lo hubiera estado. Se pasó ambas manos por la cara y trató de recuperar de entre los sopores de la duermevela lo que fuese que la había despertado. Se tuvo que poner de pie y fijar la vista en la puerta de la terraza, que se había abierto durante la noche.

Aquella lechuza gris de días pasados se encontraba sobre la baranda del balcón. Su silueta apenas podía distinguirse, a falta de luz de luna. Sus ojos, no obstante, brillaron sutilmente. Miraba a Madam.

Mas no era eso lo que la arrancara del sueño. Lo sabía y volvió a hurgar en sus recuerdos más cercanos.

El ave emprendió el vuelo.

Y Madam recordó.

Se puso los anteojos. Encendió la vela y volvió a hacer el mismo recorrido de la noche anterior, a lo largo de sus propios libros, tomo por tomo y aproximando la vela con cuidado, procurando que todos los títulos fueran bañados por la luz, estuvieran en rústica, en pasta dura, en relieve. Poco a poco pero sin perder detalle, pues no sabía con exactitud qué le revelaría este escrutinio. Sabía que una cierta imagen, de su descuidado recorrido de hacía unas horas, se había colado a su sueño. Y que era importante. No adivinaba más.

Alguna traducción, tal vez.

Algún volumen fuera de sitio.

O quizás...

Fue hasta el segundo repaso que lo descubrió. Y comprendió el porqué de su inquietud. Y el que lo hubiera ignorado anteriormente.

Un libro cosido y encuadernado a mano. Sin título en el lomo. Sin referencia alguna. Con pasta mate de cartón color azul. Lo sacó del librero con el corazón en la garganta. Al abrirlo se sintió tremendamente feliz, jubilosa, complacida. Casi no podía creer el detalle de naturaleza tan insólita. Sólo porque conocía a Daniel, su querido amigo, consejero, asistente, fue que no dudó de la verosimilitud de dicho objeto.

Con su propia letra de juventud, la primera página anunciaba:

Las hijas del fuego
Una novela de Leonora Haastings

Pensó en aquel detalle como la cumbre de las muestras de cariño de una persona a otra. Daniel no sólo había incluido en los libreros obras suyas, había tenido la delicadeza de no dejar fuera ninguna.

"Leonora Haastings", musitó.

Ya había decidido su seudónimo con esa primera incursión en las letras. Ya estaba ahí plasmada la ilusión de un día dejar de zurcir por completo. Se distinguía, en ese enternecedor gesto de ya sentirse otra, la posibilidad de ser llamada escritora algún día.

Fue a la mesita y encendió la lámpara de aceite.

Abrió la novela y sintió henchido el corazón.

Leerse a sí misma nunca la había apasionado. Pero estaba segura de que ese primer manuscrito removería mucho en su interior. Y le permitiría afianzar la única certeza que tenía respecto a Furia: que ella la había creado, que no existía fuera de la ficción, que aquel monstruo de los recuerdos bien podía ser una especie de chantaje del mundo feérico.

Y que podía atravesar con la espada a la sombra si se lo proponía. Seguir con su vida. Tener a Furia a su lado hasta el último de sus dias, pues al fin un personaje no posee más memoria ni más porvenir que la que su autor le confiere.

Comenzó con entusiasmo.

"Capítulo Uno. Un horno siempre encendido".

Sonrió.

Y continuó.

Por toda la noche y hasta que el sol se esparció por el cuarto, dando sustancia a la tregua que les concedía la tormenta.

Furia ya había iniciado las labores del día, ya había partido a ordeñar a la vaca, a sacar agua del río, a recolectar legumbres.

Ya había lavado los trastes en el barreño, ya había cocinado y adornado la mesa con flores.

Ya aguardaba, discreta y respetuosamente, con el café a punto, sin saber que en ese preciso momento Madam culminaba la novela y se rendía a un torrente inagotable de lágrimas.

Sollozos que le desgarraban el corazón, pues había sido gracias a aquella novela que la luz de la memoria se había abierto paso por su mente.

Por ningún lado había hallado referencia alguna al árbol del ahorcado.

O a las dotes musicales de Furia.

O incluso su belleza.

Había sí, un lord malvado. Una espada de empuñadura dorada. Un titán de sustancia oscura. Y, por supuesto, la inseparable amiga de Furia, Temple. Ambas huían del castillo. El carácter de aquella chica que al final se hacía de un título en el reino era extremadamente parecido al de Furia, la que ahora compartía la cabaña con ella. Pero, fuera de eso, las similitudes más parecían ser parte de una extraordinaria coincidencia que de su propia pluma.

Entonces… la luz rompió el cascarón de su mente anquilosada.

Un golpe en el centro de su espíritu.

Una total conmoción.

El más duro de los impactos.

Perdió el aliento.

Tuvo que ponerse de pie y volver a sentarse de inmediato.

Ahora no sólo sabía…

También comprendía.

La divergencia en tiempos y espacios.

Y era maravilloso. Pero también terrible.

Terrible y maravilloso.

Por eso se había rendido al llanto. Porque nada como lo que había descubierto podía ser acogido por persona alguna sin ser íntimamente desgarrada, sacudida, afectada hasta la médula.

—¿Abuela? —gritó Furia desde el piso bajo—. ¿Está todo bien?

Y sí. Estaba todo bien. Pero a la vez no lo estaba. Porque el descubrimiento era hermoso y pavoroso al mismo tiempo. Se hizo de fuerzas para contestar:

—Sí, todo bien. Ya bajo.

No pudo ocultar su voz quebrada. Ni todo lo que el haber leído la novela le había ocasionado a su espíritu.

Permaneció arriba hasta que pudo dejar de llorar. Y una vez que se recompuso, sin antes pasar al sanitario o a arreglarse el cabello, bajó con lentitud las escaleras.

Sus ojos y los de Furia se encontraron una vez que alcanzó la duela de la planta baja.

"Por todos los dioses y por todas las magias", pensó al contemplar aquella cara adolescente como si fuese la primera vez.

—¿En serio estás bien? —preguntó la chica.

—Sí.

—Mientes.

—Ya pasará.

—¿Quieres conversar?

—Mejor no.

Comieron en silencio y Madam estuvo evadiendo los ojos color miel de aquella chica porque, cada vez que la interceptaban del otro lado de la mesa, sentía que algo se resquebrajaba en su interior. Al terminar, le suplicó que la dejara hacer el paseo sola esta vez, a sabiendas de que el día era tan soleado que seguramente Furia querría hacerlo con ella. La chica, por respuesta, asintió y recogió la loza. Se quedó al margen, tratando de mantener a raya todas las preguntas que la asediaban.

Madam no se cambió de ropa, no tomó un sombrero, no se lavó los dientes, no quiso esperar un minuto más. Partió al bosque enseguida, reteniendo en su interior la avalancha de emociones que amenazaba con aniquilar su calma en mil pedazos.

Se perdió entre los árboles con la consciencia de que cualquier lugar que visitara sería completamente nuevo y, aun así, no tendría problema para volver.

Se detuvo en un montículo entre las sombras del follaje, uno en el que un tronco muerto podía servirle de asiento.

Apoyando las manos en la húmeda madera, se sentó y entretuvo la mirada en el jugueteo de los insectos a su alrededor.

Luego de varios minutos, cuando comprobó que las sombras avanzaban y no se encontraba a mitad de ningún sueño, se atrevió, como antaño, a hacer una pregunta a la nada.

—¿Cómo?

Y, al igual que antaño, no obtuvo tampoco ninguna respuesta.

Pero al menos ahora sabía y reconocía que todo aquello obedecía a un propósito.

Dejó avanzar las horas, el sol en su camino hacia el cenit y la temperatura a niveles en los que tal vez fuera menester abanicarse con un sombrero. Estaba segura de que Furia la iría a buscar. Y tendría que explicar cosas que no deseaba.

Pero entonces...

Algo cambió.

Fue un chasquido en su mente, en su entorno. Pudo percibirlo sin esmerar el oído. Algo en el viaje de aquel estornino. O en el movimiento de aquella rama. Una especie de caída suave. Un acoplamiento. ¿Esa nube estaba ahí un segundo antes? ¿Y aquel escarabajo?

Se dio cuenta de que era y no era el mismo bosque. Y creyó saber por qué operó tal cambio. Por el simple hecho en que, de un momento a otro, aceptó la posibilidad de que lo revelado por el libro pudiera ser real. Factible. Y que estaba ocurriendo.

Era maravilloso pero también terrible.

Se puso de pie y se dispuso a volver a la cabaña. De camino, se extravió un poco, a pesar de que, en el regreso, identificó un promontorio que ocupaba un lugar en su memoria. Y también cierto trazo en el paisaje. Y un abandonado panal de avispas. Señales todas que no había percibido desde que Furia había llegado a su vida. Como si se hubiera recorrido un velo que, días previos, ocultaba aquellos detalles familiares a sus ojos.

En cuanto tuvo al alcance de su vista la cabaña, se dio cuenta del cambio.

En su pecho se aglomeraron un millón de sentimientos.

Porque desde ahí se distinguía el indudable abandono en que se encontraba todo. El huerto estaba destrozado por el granizo. El corral de las aves, vacío. La ventana principal de la estancia, rota de dos cristales. Se aproximó con miedo, con cautela, con una extraña paz tratando de asentarse a la fuerza en su corazón, la tranquilidad que confiere lo inevitable.

Atisbó en el establo sin animarse a entrar. Emily no estaba; tal vez había mordido su soga para escapar.

Fue directamente a la casa. Traspasó la puerta. Furia no se veía por ningún lado.

El polvo se asentaba en los tablones del piso, evidente señal de que nadie había barrido en días. En el frutero había algunas frutas empedernidas y mohosas. Aunque el sol se abría paso a través de los cristales, y pese a que era una tarde luminosa, el panorama era tremendamente parecido al de una fotografía en sepia.

Supo la respuesta aun antes de evocar la pregunta.

Se resignó al instante porque lo hecho, hecho está. Y el tiempo siempre avanza en la misma dirección.

Subió al piso de arriba. Abrió la puerta de la biblioteca. Y supo la razón de por qué no quería que aquella chica, Iris, entrara al recinto de las miles de lecturas.

Una serena lágrima bajó por su mejilla.

Sonrió sin saber por qué.

Aquella lechuza dibujó en el aire, frente al balcón, un hermoso vuelo de alas extendidas.

Madam se sentó en su sillón de siempre.

Puso las manos sobre su regazo, ajustándose a un molde imposible de modificar.

Cerró los ojos, como siempre.

Y se rindió al sueño, como siempre.

La felicidad no se cuestiona.

Cinco heridas, Leonora Haastings

Al abrir los ojos, era media tarde.

Se sentía perfectamente descansada. Y el hallarse a sí misma en medio del bosque no la perturbó. Se separó de aquel tronco y, sacudiéndose las manos de basuritas que había recogido al apoyarse, se dispuso a volver.

Sabía que ya había hecho ese camino, pero no le importó porque ahora tenía consigo comprensión y conocimiento. Y justo porque la sensación de melancolía, de pérdida, de irrevocabilidad era real, no le pareció tiempo perdido. Antes, por el contrario, agradeció ese otro viaje que la había llevado al punto de inicio que ahora estaba evitando.

Esta vez no reconoció nada en el trayecto. Todo era nuevo.

Y, desde luego, halló el camino de regreso como si fuera imposible no seguir esa senda velada a los ojos.

Al mirar a la cabaña a lo lejos y encontrarla en su apacible forma de todos los días, se regocijó con quienquiera que guiase su destino.

"Tengo una semana", pensó. "No la desperdiciaré".

Se aproximó a la puerta de la casa con el convencimiento de que no podía haber otro sentimiento que la dominara más que el del júbilo.

Abrió para encontrar a Iris punteando la guitarra en la sala de estar.

—Ya me tenías preocupada —soltó la chica—. ¿Estás bien?

—Perfectamente —dijo.

Pero mentía. Ahora que era otra, no podía mirarla sin querer echarse a llorar todo el tiempo.

Iris lo advirtió. Dejó la guitarra en el sofá y fue por ella.

—Tienes que contarme —la condujo hacia la sala.

—No es nada de importancia.

—¡Claro que lo es! ¡Mira cómo te tiene! Tienes que contarme qué fue lo que te dijo ese monstruo.

Cada una en la orilla de su asiento, se tomaron de las manos. Y Madam pudo asirse de ese gesto para reconstituirse. "Vamos", se dijo. "Una semana solamente, vieja tonta. Mira este tiempo como un regalo". Sonrió, un poco más entera.

—Te juro que no tiene importancia. Es sólo…

—Sólo… —la ayudó Iris a continuar.

Madam se dio fuerzas con un fuerte suspiro.

—Es sólo que lamento mucho que tengas que irte. Porque sé que lo harás. Fue lo que pacté con el monstruo. Y te juro por mi alma que no hay truco. Sólo tenemos que esperar una semana. Sólo ese tiempo y te irás.

Iris le obsequió la más enternecedora de las sonrisas. La más cálida y sincera de las caricias al sostener sus manos.

—¡Te prometo que vendré a verte! Sólo quiero recuperar mi vida. Sólo eso.

Madam necesitó echar mano de toda su entereza para no derrumbarse ahí mismo con lo que acababa de decir la chica.

Porque no sabía qué pasaría pero sí que ya había tomado su decisión. El monstruo dijo que había titubeado. Y no estaba segura de qué implicaba exactamente la alternativa, pero no habría modo de hacerla cambiar. Esperaría la semana sin mover un dedo. El estante quedaría vacío. Iris recuperaría su vida. Y el mundo, su natural andar.

Una minúscula lágrima amenazó con traicionarla. La limpió de inmediato. Se llenó los pulmones de oxígeno y, sin soltar las manos de aquella adolescente, sentenció:

—Quiero pedirte algo.

—Claro. Cuenta con ello.

—No hagamos nada.

—¿Nada? ¿A qué te refieres con…?

—No hagamos nada de provecho. Dejemos que la semana se nos vaya sólo en leer y pasear y tocar la guitarra y encontrarle forma a las nubes y jugar baraja y cualquier forma tonta de matar el tiempo que se te ocurra.

—Pero… ¿nada?

—Nada.

—Sólo que el huerto y Emily y… —dijo Furia.

—Oh. No te preocupes. De lo más esencial yo me encargo —insistió Madam—. Pero quiero que nos sintamos como si estuviéramos de vacaciones, antes de que te vayas.

Un silencio cómplice. Una felicidad compartida.

—Bueno —concedió la chica.

Y a esto siguió un breve silencio que supieron romper con una espontánea carcajada. Ante tal expectativa, surgían un millón de posibilidades que causaban entusiasmo y temor. Podrían quedarse ahí mismo, en total pereza. Podrían explorar alguna montaña. Podrían poner una canción a coro. Podrían hacer lo que se les antojase siempre y cuando no se preocuparan por el futuro. Tácitamente se pusieron de acuerdo en no cambiar mucho su rutina ese día, excepto en un detalle, pasear siguiendo el cauce del riachuelo hasta encontrar un sitio en el cual poder almorzar como si fuese un día de campo.

Madam preparó bocadillos, fruta, bebidas y los puso en una canasta. Iris sólo tomó su guitarra, un par de libros de poesía y un cuaderno de notas.

El día era impresionantemente fresco y luminoso, seguramente producto de la tregua que les había concedido el monstruo, razón que les permitía no temer por una posible lluvia o un cambio de clima desfavorable.

Caminaron río arriba hasta que dieron con el paraje que estaban buscando. Un remanso de agua que asemejaba a un pequeño lago y que contaba con la sombra de un árbol, profusión de hierba y flores. En cuanto lo vio, supo Madam que no se trataba de un lugar por el que hubiera podido pasar antes de la llegada de Iris, así que ese también era un regalo. Como el tiempo ahí. Como la posibilidad de una charla o de un juego o de simplemente acompañarse sin decir nada.

Se postraron sobre la hierba y se dejaron acariciar por el viento.

Madam cerró los ojos sintiéndose agradecida. Después de todo, había ocurrido. Era una con la magia. Y tenía que reconocer que aquello era mucho mejor que hacerse amiga de un montón de hadas y duendes o ver un dragón volar por el cielo. Además, si había entendido bien, tenía la oportunidad de formar parte activa de esa magia incomprensible. Podía devolver su tiempo a Iris. Y eso estaba bien.

Escuchó una risa. Y un chapuzón. Un gritito de júbilo.

Se apoyó en los codos y contempló a Furia chapoteando en el agua.

—¡Está helada! —gritó, contenta.

—Seguro que sí —respondió Madam.

—¡Ven! ¡Entra!

Unas vacaciones, pensó Madam con melancolía. ¿Cuánto tiempo hacía que no tomaba unas buenas vacaciones? Aquellos días en el fin del mundo no lo habían sido del todo. Y en su recuerdo había muy poca diversión real. Muy pocas risas francas. Volvió a sentir cómo el peso de la fatalidad quería ensuciar esa tersa alegría, porque sabía que aquello se terminaría en una semana y, una vez que así fuera, no tenía idea de lo que vendría a continuación, justo al día siguiente de que Furia se marchara.

—¡Anda, abuelita! —insistió Iris—. ¿Qué más puede pasar? ¿Que te dé un infarto?

"No, no sé qué puede seguir", se dijo. "Pero el resultado vale mucho la pena".

Se puso de pie y se sacó la blusa y el pantalón.

—¿A quién le dijiste abuela, bebé? —gritó al arrojarse de un solo golpe al agua.

Por la tarde se les unió un ciervo, al que pusieron nombre. Cantaron algunas cancioncitas tontas. Leyeron poesía en voz alta. Dormitaron.

Y al regreso, el clima seguía siendo benévolo, la noche de un fulgor irreal, mágico.

Antes de despedirse, Madam preguntó a Iris qué deseaba hacer al otro día. Y la respuesta le causó un vuelco al corazón.

—No hagamos ninguna otra cosa. Sólo estemos ahí, en ese remanso del río, hasta el día en que me tenga que ir.

—¿Estás segura?

—Segurísima.

"¿Y por qué no?", se dijo Madam antes de disponerse a dormir. Al final sólo se trataba de eso, de unas vacaciones. Y en las vacaciones uno sólo descansa, disfruta, ríe, se deshace del futuro y del pasado, deja las preguntas para otro tiempo, las obligaciones, se libera de absolutamente todo.

No obstante, antes de cerrar por dentro la biblioteca, volvió al recuerdo de esas mismas paredes y la sombría certeza de lo último que había descubierto. Miró hacia su sillón de todas las noches y una nueva tristeza la acometió. "¿Qué seguirá después de todo esto?", volvió a preguntarse.

Miró inconscientemente al compendio de sus obras en el librero.

Y luego, sobre su hombro, al pasado remoto, el recuento de todos sus días, su labor en la literatura y en la vida. Después de todo, había sido feliz. Había amado y había sido amada. ¡Claro que podía dejarlo ir todo! Si con ello podía compensar en algo la balanza del destino, lo haría. Y atesoraría por siempre el paso de esos días como si hubieran sido los únicos posibles.

Ante tal determinación, salió de la biblioteca, tratando de no hacer rechinar la madera con sus pasos.

Se aproximó al cuarto en el que dormía Iris. La contempló por unos minutos. Se dijo que un beso en la mejilla no la despertaría.

Y en efecto, no la despertó.

Se prometió no llorar cuando volvió a su sillón reclinable.

Y en efecto, no lo hizo.

Así...

Continuaron las vacaciones por el resto de aquellos días.

Azul intenso. Blanco cristalino. Verde brillante.

Una y otra vez. Uno y otro día. En un sopor de vida que les hizo confundir los días y las noches sin sentir culpa alguna.

Así hasta el penúltimo día, en que ocurrió algo que hizo virar el rumbo de los acontecimientos.

Y es que un pacto implícito les impedía hablar de ellas mismas, como si presagiaran el fin de aquella fantasía si permitían la intrusión de la realidad. Desde el segundo día de vacaciones fue perfectamente claro que vivían un sueño dentro de un sueño. Emily no requería ser ordeñada ni tampoco necesitaba ser llevada a pastar. Las gallinas tampoco necesitaban más grano, siempre tenían el suficiente. Los cubos de agua nunca se vaciaban. Todo era escenografía. Todo se supeditaba al momento en el que marchaban hacia el mismo paraje donde, con sutiles cambios, se entregaban a la música, al juego, a la lectura. A veces el árbol se encontraba en otro sitio. A veces el río llevaba carpas multicolores. En ocasiones las visitaba un cuervo o un azulejo. O un lobo que les lamía la cara. Todo estaba subordinado a la edificación de esos días felices... y un sobreentendido pacto les impedía hablar de ellas mismas.

Por eso Madam, aquel penúltimo día, sintió como si se encendieran todas las alarmas en su cabeza. Porque Furia se sintió movida a una confidencia.

Se encontraban tumbadas en la hierba, que en esa ocasión las había gratificado con un montón de tulipanes a diestra y siniestra.

—Es una pena que en dos días termine esto.

—Sí. Lo es —consintió Madam—. Pero será aún mejor que sigas con tu vida.

Entre las flores se movían decenas de abejas que de vez en cuando se posaban en ellas. Madam observaba a una, en ese momento, sobre su dedo índice.

—En realidad, lo que más me interesa de regresar a mi vida, a mi mundo... es poder volver a ver a una amiga que tengo.

Madam sintió que el corazón se le aceleraba. Dejó ir al insecto al apoyarse sobre sus manos.

—Preferiría no saberlo, si no te importa.

—¿Por qué? —preguntó Iris, divertida.

—No sé.

—¿Estás celosa?

—Tal vez.

—Ja, ja, ja, ja. De acuerdo. Pero te aseguro que el día que vuelva aquí, la traeré conmigo para que la conozcas.

—Bueno. Si insistes.

No obstante, una grieta se había abierto ya en la plácida sucesión de minutos de esa penúltima tarde. Y Madam se sintió afectada. Pues en verdad todo aquello terminaría en un par de días, de acuerdo con las instrucciones del monstruo, y ella no sabría hacia dónde dirigir sus emociones cuando se quedara sola. Fue como romper un dique.

—¿Qué pasó? —preguntó Iris al ver la sombra de un mal pensamiento reflejada en el rostro de Madam.

—Oh, nada. ¿Podemos volver?

Iris creía ya conocerla a la perfección. Y sin embargo aún la sorprendía con esos arrebatos de extrañamiento.

—Claro —respondió apesadumbrada.

Desanduvieron el camino en un silencio muy distinto al de días pasados, porque en la mente de Madam se debatían una multitud de pensamientos. Iris había roto aquella implícita convención de no hablar del mundo de afuera, y ahora no podía alejar de sí la tentación de hacer lo mismo. Después de todo, no había en la sentencia del monstruo ningún impedimento para romper el silencio.

Volvieron a la cabaña completamente mudas. Degustaron de un par de panqués que no recordaban haber horneado. Tomaron leche y se retiraron a descansar. Pero antes de que traspasaran sus respectivas puertas, Madam cedió a un impulso.

—Mañana será tu último día aquí…

—Lo sé.

—Me gustaría prepararte una cena de despedida.

—Oh, no es necesario.

—No importa. Quiero hacerlo. Y quiero contarte un par de cosas.

—De acuerdo.

Se dijeron adiós con un ademán y cada una se encerró en su cuarto. Madam no podía prever las consecuencias de su próxima confesión, pero ya no le importaba. Después de varios días tenía que admitir que el monstruo tenía razón y por eso había titubeado. Porque, aunque estaba completamente decidida a hacer justicia, inclinar la balanza, restituir lo restituible, no quería quedarse con las manos vacías cuando todo aquello terminara. Necesitaba al menos de un recuerdo al que valiera la pena poder volver una y otra vez en su mente, si es que la soledad sería la constante en su futuro.

—Ninguna seguridad respecto al porvenir puedo ofrecerte, Ligia.

Ella soltó la mano de quien se convertiría en su guía si aceptaba.

Atrás quedaban todas las andanzas de su niñez, el cobijo de la casa de sus padres, la posibilidad de una boda con Martinus.

—Lo que sí puedo asegurarte —continuó Pip—, es que nunca te atormentará el demonio del "qué hubiera pasado si..."

Ligia miró, por encima de su hombro al viejo sabueso echado, la puerta entornada del establo, a su padre ensillando a Tempestad.

—En cambio, si te quedas...

La muralla, la trampa y el pozo, Leonora Haastings

Esa mañana sólo caminaron por los alrededores. Comentaban lo que les ofrecía la naturaleza, pero no abundaron más en torno a otros asuntos. Cuando regresaron a la cabaña, Madam pidió a Furia que le concediera un par de horas para prepararlo todo. La chica accedió y se encerró en su habitación con la guitarra. Estaba emocionada y llena de expectativas.

De este modo, pasaron dos horas, tiempo en el que Madam puso manos a la obra. Cocinó un conejo que había ido a morir a la puerta de la cabaña, ofrenda final de ese tiempo idílico que ya terminaba. Horneó un pastel de zanahoria. Rescató una botella de vino del almacén (que no sabía que tenía) para preparar una sangría usando limones (que ella nunca cultivó). Hizo una ensalada con lechuga, tomate, queso y nuez. Se puso su mejor vestido y se maquilló un poco. Sacó la mesita de madera del comedor a los lindes del río, sin ayuda, pero también sin emplear mucho esfuerzo. Prendió un par de velas. Dejó que muriera la tarde para llamar a Iris a cenar.

Nunca había habido luciérnagas en esa parte del bosque. Esa noche las hubo.

Iris se presentó a cenar sintiéndose totalmente abrumada.

—Oh… esto es… demasiado, abuela, en verdad… —dijo con las manos metidas en los bolsillos de su eterna chamarra con capucha.

—No lo es, bebé. Siéntate.

Madam, de pie, sirvió un par de vasos de sangría, destapó los platillos, arrojó la servilleta de tela al regazo de Furia. Se sentó y levantó su vaso para brindar. Ni una sola brisa amenazaba con apagar las llamas de las velas.

—Por el futuro —dijo, mirando a los ojos a la otra comensal.

—Salud —respondió ésta.

Entonces, Madam decidió echar abajo las murallas.

—Por tu futuro, Iris.

La chica abrió grandes los ojos. Se sorprendió pero no hubo un solo rasgo de molestia. Antes por el contrario, sonrió, y dejó en alto su vaso de sangría.

—No sé cómo lo averiguaste… pero no importa. Me parece bien.

Madam bajó su vaso y, retirando su mirada, supo que no había vuelta atrás.

—No lo averigüé de ningún modo. Siempre lo he sabido.

—Ja, ja, ja. ¿De qué hablas? —dijo Iris al tiempo en que daba el primer bocado al conejo asado—. Oye, qué bueno está esto.

Madam supo que se derrumbaría. En algún momento lo haría. Sólo esperaba que no fuese demasiado pronto.

—Siempre lo he sabido… sólo que no lo recordaba. No te recordaba.

—¿De qué estás hablando? ¿Ya nos conocíamos?

—Sí.

—Esa es buena. ¿Dónde? En serio creo que me acordaría, abuela.

Madam hubiera querido comprender con exactitud el porqué de todo aquello, así habría encontrado un mejor camino para develar el secreto. Ya se estaba arrepintiendo de haber abierto la boca. Se sintió una vieja ridícula. Debió simplemente haber dejado que corriera el tiempo y que todo concluyera por sí solo. Según su estúpido plan, debía mirarla a los ojos y decir, simplemente: "soy yo". Ahora supo que no podría con el peso de algo así. Desvió la mirada. Comió un poco de pan.

—Estás bromeando, ¿no, abuela? Se supone que estamos en lugares distintos y tiempos distintos. Ya habíamos acordado eso, que lo que nos pasa es imposible. Mágico. Milagroso. Imposible.

—No tanto.

—Pues en verdad que no te entiendo. ¿A qué viene esto? ¡Claro que es imposible! ¡El monstruo, los cambios en el paisaje, el clima, los animales, todo es parte de una misma locura!

—Lo sé, pero…

Cuajó el silencio. La gravedad de Madam contrastaba con el desparpajo de Iris, así que ésta fue matizando poco a poco su buen humor.

—No entiendo.

—Es algo difícil de aceptar. Yo aún no me recupero del momento en que descubrí la verdad.

El ambiente no perdía hermosura, con aquella danza de luces diminutas, la luna en menguante y la orquesta de grillos; aun así, el ánimo no se sostendría mucho en sintonía. Madam lo supo. Prefirió no seguir la charada y, en cambio, apresurar el clímax. Quería que la revelación fuera tersa, y no sabía si lo estaba logrando. Seguramente no, pero ya estaba demasiado encaminada. Tuvo una ocurrencia. Si aquello funcionaba, sería implacable, contumaz, pero efectivo. Dio un largo sorbo a su sangría.

—Te voy a pedir un favor. Uno enorme. Ve a la casa y entra en la biblioteca.

—¿Ahora?

—Sí.

—Pero tú siempre has dicho…

—Justo por lo que vas a ver es que no quería que entraras.

La intensidad en los ojos de Madam era de una gran fuerza. Iris tuvo miedo.

—¿Y qué se supone que…?

—Ve, por favor. Y piensa, cuando estés subiendo las escaleras, en la posibilidad de que todo esto que nos pasa tenga algún sentido. El que sea.

Iris también dio un sorbo a su sangría. Apartó la silla y caminó de vuelta a la cabaña. Un par de veces giró el cuello para ver a Madam; quería cerciorarse de no ser víctima de una broma de mal gusto o algo parecido.

Traspasó la puerta. No había una sola luz al interior, pero la luna era tan generosa que no hacía falta. Todo se pintaba de plata bajo aquellos rayos que bajaban del cielo y atravesaban las ventanas. Tuvo miedo, claro que lo tuvo, pero prefirió no consentir el pesimismo. Llegó al pie de las escaleras y comenzó a subir. Se sintió tonta. No atinaba a imaginar nada. Giró el picaporte de la biblioteca y entró por la primera vez desde su llegada. Le maravillaron los miles de libros. Pero nada más. No le pareció que hubiese nada de especial en el poco mobiliario, en la lámpara, la estufa, el cuadro de Agatha Christie, la mesa, los anteojos, el sillón. Aun así, no quiso volver enseguida. Fue al librero y acarició los lomos de algunos ejemplares. Luego, fue a la puerta de la terraza y la abrió.

¿A qué se refería Madam Leonora con...?, se preguntó, inocentemente.

Y entonces el miedo se filtró por su piel hasta los huesos. Y comprendió. Al momento de observar a la lechuza en el balcón... y nada más allá. No se distinguía Madam, la mesa, las sillas. Todas las luciérnagas se habían apagado. La luna igual. Aquella no era sino otra noche más en el inagotable inventario de noches del tiempo. Y aquella sólo una solitaria región del mundo como cualquier otra.

Volvió a la biblioteca.

Comprendió.

Estuvo de pie frente a aquella inapelable verdad por varios minutos hasta que un grito, una voz llamándola por su nombre, borró toda huella. Y pudo desprenderse de la fascinación que le había producido aquella imagen.

Bajó las escaleras con miles de preguntas en la cabeza.

Al atravesar la puerta, ahí estaba de vuelta su cena con Madam. La luna. Las estrellas. Las dos juguetonas llamas en la mesa. Los luminiscentes insectos.

Se sentó sin pronunciar palabra.

Iba a decir algo pero Madam no se lo permitió. Prefirió aprovechar el impacto del descubrimiento para seguir por su cuenta.

—Te esperé en el árbol del ahorcado un día entero. Un día con su noche. Y como nunca apareciste, decidí volver sobre mis pasos en dirección a la hacienda.

Iris se estremeció.

—Era de madrugada cuando descubrí que nos buscaban. Me oculté para no tener que volver a mi vida como la conocía. Pero me encontraron.

Los ojos de Iris crecieron, se cristalizaron.

—Cuando me regresaron a la hacienda —continuó Madam—, me dijeron que habías muerto al caer en una zanja. No les quise creer. Entonces, me llevaron. Y te vi. Vi tu cuerpo al fondo de aquella herida en la tierra. Vi nuestras vidas rotas. Vi que la esperanza era una mentira cruel.

Iris dejó caer una lágrima, una pequeña.

—A los dos días, de cualquier manera, pude escapar de nueva cuenta. Esta vez para siempre.

El silencio se hizo absoluto. El viento y la fauna callaron.

—Eso fue hace más de sesenta años, Iris, por eso lo olvidé por completo. O lo engarcé con una historia que inventé, la primera que escribí en mi vida. La llamé *Las hijas del fuego* y era un homenaje a nosotras.

—No puede ser.

—Yo era Temple. Tú eras Furia. Nombres que nos inventamos cuando vivimos en la hacienda. ¿No es así?

Iris se puso de pie violentamente, haciendo a la silla caer.

—¡No puede ser!

—Pero lo es.

Madam siguió con la mirada el dibujo caprichoso de una mágica luz a pocos centímetros. Todo era dolorosamente bello, como suele ser la verdad.

—Han pasado más de sesenta años —dijo—. En un principio creí que eras un personaje inventado por mí. Luego... luego recordé que más bien aquel personaje estaba basado en ti. Y todo cobró sentido. Leonora Haastings es un seudónimo, por supuesto, un nombre falso.

La opresiva ausencia de sonidos era como una plasta de lodo en los oídos de ambas. Sólo sus voces se encontraban ahí. Nada se movía, incluso aquella última lucecita se había apagado. Nada mancillaba la perfecta utilería. Iris recordó lo que había visto en la biblioteca y sintió cómo la recorría una descarga, un estremecimiento.

—¿Nos hemos vuelto a encontrar en la muerte, Ángela? —dijo con desesperación, con la voz hecha añicos.

Madam se levantó también. Aún las separaba la mesa. Y un par de platillos que jamás terminarían de comer.

—Así parece, pero escucha... escúchame bien... se me ha prometido que podrás reintegrarte a la vida. No sé cómo. No sé por qué. Pero es cierto. Tus recuerdos te esperan. Tu futuro, que ahora, en este otro año, ya sería un pasado, está en algún lado, sólo hay que recuperarlo.

Iris se llevó ambas manos a la cabeza. Era demasiado. Según como lo recordaba, ella había escapado, había corrido con todas sus fuerzas, había caído en una zanja, sí, pero había conseguido salir para luego...

Para luego...

Ingresar en esa otra realidad tan extraña.

Y pasaron más de sesenta años.

Un mundo completamente distinto. Aunque, por otro lado…

Se animó a poner sus ojos en Madam con una mirada nueva.

La vio cocinando junto a ella, riendo junto a ella, paseando junto a ella.

Sintió unas tremendas ganas de llorar. Era y no era.

Temple. Ángela. Amiga. Hermana…

Se rindió al llanto.

—No vale la pena —dijo Madam, tratando de confortarla—. Mañana estarás reconstruyendo tu vida. Seguramente ni recordarás esto. Seguramente esta imagen mía, el tiempo que pasamos juntas aquí, no existirá para nada.

—Pero… ¿estarás ahí si vuelvo? ¿A tus quince años? ¿Estarás?

Madam se mordió un labio. No quería desmoronarse. Se había prometido ser fuerte. "El estante quedará vacío". Eso sólo podía significar una cosa. Pero no valía la pena volver demasiado sobre ese punto. Ella ya había vivido. Una vida buena. Y la decisión estaba tomada.

—Tal vez no —respondió—. Pero eso no debe cambiar nada. Tú te irás. Está dicho. Y ese es el mejor de los resultados.

Iris se cubría la cara cuando Madam dio vuelta a la mesa para abrazarla. La rodeó con sus brazos fuertemente. Esperó a que dejara de sacudirse para animarla.

—Es sólo un día. Un día y nada más.

—Algo me ocultas, lo sé —espetó la chica con toda la tristeza del mundo encerrada en sus palabras.

—Un día. Un día y nada más. Te lo prometo.

—Tienes que creer en tus historias —le dijo Wilhelm—. Más que sentirte dentro de ellas, tienes que saberte dentro de ellas. Sólo así conseguirás que el cariño por tus personajes sea tan genuino que tus lectores se contagien del mismo.

—¿Y la magia?

—Bueno, ese es otro asunto muy distinto pero, no por ello, menor.

Sin alma, Leonora Haastings

Pese a todo fue una noche tranquila. Después de renunciar a aquella cena, ambas se fueron a dormir. No hubo intercambio de palabras, de recuerdos, mientras se aproximaban al fin de aquel día tan singular. Madam llevó a Iris a su cama y, por primera vez, se atrevió a arroparla con sus manos y darle un beso en la frente, mismo que fue correspondido con un vigoroso abrazo. Luego, el sueño se hizo presente como si cayera sobre ambas una tersa sábana de seda.

Con el amanecer volvieron las nubes plomizas. El clima húmedo. El frío.

Se cumplía la semana y se vencía la tregua.

Madam sabía que bastaría sólo con aguardar. Desayunarían juntas, charlarían de nimiedades, se despedirían… y Furia encontraría el camino, daría con el árbol del ahorcado y esperaría a Ángela. Tal vez ésta llegaría. Tal vez no. Lo cierto es que correría nuevamente ese año de la década de los sesenta y aquella chica volvería a tener un futuro. Se le había prometido. Y no podía ser de ninguna otra manera.

Pero al salir de la biblioteca, algo le inquietó. Tuvo un mal presentimiento.

Llamó a la puerta de la habitación de Iris y, a falta de respuesta, abrió.

Ella no se encontraba.

—¿Así que esto es todo? —dijo en voz alta.

Le pareció horriblemente inconcluso, pero no podía ser de ninguna otra manera. Iris había seguido con su vida. Ella, con su muerte. Y el tiempo con su marcha.

Miró con melancolía al sillón de la biblioteca, última morada de cierta anciana que había vivido una buena vida hasta los setenta y siete años.

Bajó a la cocina a intentar hacer una rutina.

Pero le molestaban los negros nubarrones, la idea de que, si de eso iba a estar compuesta su eternidad, no le vendría mal un mejor clima. Los rayos que corrían de nube a nube seguían haciendo retumbar el cielo.

Volvió el mal presentimiento.

De pie frente a la estancia recorrió con la mirada todas las cosas.

Descubrió entonces que aún no era ese el final de aquella historia.

La guitarra estaba recargada junto a un sofá, acaso un detalle innecesario en caso de que Iris ya no estuviera por ahí.

Y luego, otro hallazgo que hizo que su respiración se agitara.

La guitarra estaba… pero la espada no.

Miró el reloj cucú, que seguía dando la hora aunque ya nadie le diese cuerda desde hacía mucho tiempo. Se enteraba que había dormido más de la cuenta. Y que Furia había preferido no despertarla.

Creyó recordar el estruendo de unos pasos durante el sueño.

Y la voz grave de un gigante.

Con la mayor velocidad posible, salió de la cabaña. Ya no había restos de la cena, era como si no hubiese ocurrido. Cruzó el riachuelo, se internó en el bosque. Y aunque la asaltaba una peculiar congoja, no temía perderse, o no hallar el camino hacia el sitio de la reunión, que seguramente ya estaría llevándose a cabo. Porque sabía que no podía haber otro final.

Le maravilló, ahora que sabía que todos sus signos vitales eran cosa del pasado, darse cuenta de que aún podía ser presa de cansancio. Y de palpitaciones. De respiración apresurada. Todo aquello era, por donde se le viera, un detalle conmovedor.

Finalmente, después de unos cuantos minutos, vislumbró aquel paraje del bosque que, con toda seguridad, habría sido incapaz de ubicar en un día cualquiera. Pero ese era el día entre los días. El día de la última cita. Y no podía llevarse a cabo en ningún otro lado.

Al salir del entramado del bosque confirmó sus sospechas.

Ahí se encontraba Iris, con sus ropas de siempre, sosteniendo una espada, confrontando a un monstruo de más de quince metros, una sombra hecha de recuerdos que aún tenían que posarse en la mente de aquella misma que lo amenazaba.

—¡Iris! ¿Qué haces?

Tanto ella como el coloso la contemplaron. No parecía haber beligerancia. No se respiraba en el ambiente ninguna amenaza.

—Quiero estar segura de que hacemos lo correcto —respondió la chica.

—¡Pero te juro que…!

—No soy tan tonta —insistió—. Yo recupero mi vida. ¿Y qué pasa con la tuya? Este tipo de tratos no suelen estar libres de costo. Tú misma dijiste, hace una semana, que debías matar al monstruo.

Madam se detuvo a su lado.

Debió anticiparlo. Ahora sería imposible convencerla de que se marchara sin tener que revelar que, en efecto, había letra pequeña en la firma de ese contrato.

—Ya se lo he preguntado tres veces. Pero no me dice nada —dijo Iris—. Así que estoy a punto de aniquilarlo con esta espada.

"No puedes", pensó Madam. "No debes. Es los miles de recuerdos que aún tienes que gestar".

—Déjame tratar a mí —prefirió decir—. Después de todo… es a mí a quien esperaba.

El sol se encontraba bastante alto ya, pero sus rayos no las alcanzaban detrás de aquella cama espesa de nubes que se agolpaba frenéticamente por encima de la cabeza del monstruo sin rostro. Un movimiento de la mano del coloso ocasionó que dos trofeos de beisbol cayeran al suelo.

—¿Exactamente qué le preguntaste?

—Nada del otro mundo. Qué pasa contigo si yo recupero mi vida.

—Ejem… —se aclaró la garganta Madam. Pero no fue necesario formular pregunta alguna. Al instante retumbó la voz de la sombra. Aunque sólo en la mente de ambas mujeres.

"La magia es real, pero no ociosa".

Iris se preguntó si en realidad escuchaba. O sentía.

"¿Quién eres en realidad?", preguntó Madam sin articular palabra, al igual que había sostenido el diálogo la vez anterior.

"Se te ha permitido esto por una razón, Ángela. Porque tienes contigo la única materia prima que hace falta para producir eso que ustedes llaman magia".

"Para variar, no entiendo", confesó Madam.

"Jamás verás un duende, un hada o un unicornio en el mundo. Pero sí a un niño recuperarse de una terrible enfermedad mientras su madre se desvela por él. O verás a un hombre renunciar a su idea de saltar de un puente gracias a una llamada oportuna. O a dos personas tomarse de la mano para no soltarse más. Tú misma sabes cuál de ambas magias es preferible".

Iris y Ángela, Madam y Furia se sintieron cimbradas por la contundencia de tal afirmación. Ambas vaticinaron que algo estaba por venir que les rompería el corazón.

"En ti arde el fuego que produce esos milagros, Ángela. Sólo tienes que decidir".

Madam miró a Iris de reojo.

"Ya lo he hecho".

—¡Pero yo no estoy de acuerdo! —gritó Iris de pronto—. ¿Cuál es el costo a pagar?

Aquel gigante, que a cada segundo parecía menos amenazador, suavizó su voz para exclamar:

"Díselo".

Madam se dio fuerza tomando un largo suspiro. Gracias a las palabras del monstruo supo exactamente lo que tenía que decir porque supo cuál era el costo al que se refería. Y dejó de tener miedo. Después de todo, nunca se había hablado de vidas ahí... sólo de recuerdos. De obras, tal vez. De tiempo. Y consintió que no había otra forma de actuar para ella más que esa.

Se giró para mirar a Iris a los ojos.

—No es mi vida, si eso es lo que te preocupa. Sino lo que hice con mi vida.

—¿A qué te refieres?

Madam fue hacia ella y la obligó a tirar la espada para tomar sus manos.

—Si tuviera que elegir, te elegiría a ti.

—¿Por encima de qué?

—¿No lo ves, Furia? Hay una familia en el horizonte. Y tal vez clases de piano. Y muchas navidades. Mascotas. Veranos. Risas. Y todo te lo mereces.

—Pero... ¿y tú? No entiendo. ¿Qué pasa contigo?

—Bah —dijo Madam, con una sonrisa luminosa—. Se harán algunas modificaciones, cierto. Pero en el fondo cada mundo y cada personaje y cada historia no han sido sino una muy entretenida forma de gastar la vida.

Iris no sabía por qué sentía que una parte de sí se resquebrajaba en su interior, sólo para abrir paso a algo mucho más implacable, como si en ella naciera un dragón dormido, una avalancha, un tifón. Sus ojos se anegaron de lágrimas.

—De poder elegir... te elegiría a ti sin pensarlo —concluyó Madam.

Iris no comprendía. En lo absoluto comprendía. Pero sí adivinaba un sacrificio más grande que cualquier cosa que pudiera imaginar.

—Gracias —sollozó, rindiéndose a un abrazo que tampoco entendía y sólo sabía que necesitaba más allá de sus fuerzas.

Gracias, dijo, obligándose a sí misma a aceptar un obsequio que se anticipaba magnífico, prodigioso, único. Irrepetible.

Los árboles se estremecieron.

La tierra trepidó notablemente.

El gigante hizo un ademán que sólo Ángela vio, por encima del hombro de su amiga.

"Se te concede la memoria. Recordarás esta vida como si fuese un sueño. Esa será tu recompensa. Porque ninguna magia vale la pena si no está ideada para los demás. Y tantas y tantas páginas, y tantas y tantas palabras... vivirán en ti sólo porque gracias a ti, alguna vez, en verdad ocurrieron".

"¿Quién eres en realidad?", dijo ella sin soltar a Iris.

"No soy sino una posibilidad. Pero la más maravillosa de todas".

Una poderosa ráfaga de viento.

Un último rayo y el estallido del último trueno.

Y el gigante, repentinamente...

Ya no estuvo ahí.

Aquellas dos amigas permanecieron entonces de pie, apoyando cada una su cabeza en el hombro de la otra, protegiéndose mutuamente del vendaval.

Madam, por un momento, pensó que Iris había crecido hasta su altura en un fugaz instante.

Y luego… luego le pareció que estaba diciendo tonterías.

Iris, por un momento, pensó que tenía que llegar al árbol del ahorcado cuanto antes.

Luego, le pareció que estaba pensando tonterías.

Y justo en ese instante… ocurrió el milagro.

Era ella, lo supo enseguida.

Y su corazón se sintió de una pieza. Una vez más.

—Llegas tarde, como siempre —le espetó sonriente, aunque sabía que no podía escucharla todavía.

Las hijas del fuego, Leonora Haastings

Corrió a través del bosque pensando que eso ayudaría a Ángela a decidirse, y que lo único que tenía que hacer era llegar al árbol del ahorcado sin que nadie la notara. Esperar a su amiga ahí y... y...

Pero... ¿por qué pensaba esto si Ángela iba a su lado cargando su propia mochila en la espalda?

Porque era ella, ¿cierto? La que corría a su lado, la que saltaba las raíces y evadía las ramas. Era ella, ¿no?

Ahora recordaba.

Cierto que había titubeado unas horas antes y hasta había mostrado temor justo al momento de decidirse a abandonar la hacienda, pero ahora estaba a su lado, corriendo. Buscando, junto a ella, como habían prometido, un futuro lejos. Quince años ambas y la vida entera por delante. Nada las detendría. Nada se sentía mejor que eso.

Una saltó la zanja, previniendo a la otra.

Otra saltó la zanja, agradeciendo a la primera.

Y siguieron hasta dar de frente con una esperanza del tamaño de un porvenir completo.

Siguieron hasta que aquel pasado y aquellos años fueron sólo un emborronado recuerdo entre los recuerdos.

Y así.

Familias, trabajos, esparcimientos, quehaceres.

Risas. Veranos. Trofeos. Fotografías.

Hasta cierto momento en que una descansa la cabeza en el hombro de la otra, trenzadas en un abrazo repentino y sumamente extraño, como protegiéndose mutuamente de un vendaval.

Una peina canas. La otra también.

Una pidió a la otra que, antes de morir, se fuesen a una cabaña en el fin del mundo, dejando atrás familias, trabajos, esparcimientos, quehaceres. Más de sesenta años después, ambas confabuladas en un retiro que las estaba reclamando.

Y es Ángela la que, al soltar del abrazo a Iris, reconoce que no entiende el porqué de tan espontánea muestra de cariño a mitad de aquel solar en el bosque.

Por un segundo piensa en una chica de quince años. Y piensa en un bizarro monstruo. Piensa que hacía unos instantes estaba el cielo completamente encapotado y ahora, curiosamente, es el sol el que resplandece sobre sus cabezas. Piensa en una guitarra. Piensa en una espada. Piensa que jamás creyó que, con la muerte, pudiera llegar la chochez pues no sabe de dónde han salido tan extraños pensamientos.

—¿A qué viene esa cara, Temple?

—Lo mismo iba a preguntarte.

Y aunque una siente la tentación de decirle "abuela" a la otra, se calla, pues no sabe de dónde ha salido tan disparatada idea, si ambas son mujeres de edad.

Reflejo exacto de lo que siente aquella que quiso llamar "bebé" a la otra sin ninguna razón aparente.

Regresan tomadas del brazo a la cabaña que ahora ocupan y donde han aprendido a ser absolutamente felices. Desde el momento en que descubrieron que han trascendido la línea de la vida, nada enturbia el gozo que sienten día con día. Ordeñan cada mañana a una vaca que jamás se hará vieja y cosechan frutos de árboles que nunca se marchitarán. Una canta canciones inventadas que perfectamente podrían ser éxitos de la radio. Y la otra cuenta historias que bien hubieran podido ser publicadas en varios idiomas.

Una ocupa una habitación pequeña, en la que caben apenas una cama, un buró, una estufa y un armario. La otra, una habitación grande que da a una terraza. Hay libros, pero no como para pensar en una biblioteca. Antes bien, en los estantes, se apilan recuerdos compartidos. Fotografías, muñecos de porcelana, algún cenicero de algún viaje, un bolígrafo y un separador. Y duermen siempre plácidamente pensando en lo que harán al otro día. Seguramente, visitar aquel recodo del río en donde se forma un espejo de agua. Chapotear, por ejemplo. Y reír, claro. Reír por sobre todas las cosas.

Y así, se rinden esta vez, como todas las veces, al sueño. A los sueños.

Necesariamente para ignorar lo que ocurre frente a ellas.

Obligadamente para no encontrarse ahí en el justo instante en que un hombre maduro baja de un caballo y, después de llamar con timidez a la puerta y gritar "Madam" varias veces, se anima a entrar.

Es una suerte que ambas, Temple y Furia, no estén ahí, pues aquel hombre se muestra abiertamente angustiado. No le han gustado los vidrios rotos, los muebles carcomidos por la intemperie, el deterioro de la casa. Se ha permitido pasar la mano por la superficie de la mesa y llenársela de polvo con desagrado. Ha paseado la vista por las paredes y ha descubierto la invasión total del poder de la naturaleza, el desgaste del clima, el avance del tiempo.

La inútil pistola de bengalas, intacta.

"Madam", dice, a sabiendas de que no tiene caso.

Y con pesados pasos sube la escalera, lleno el corazón de congoja pues sabe ya lo que ha de encontrar.

Piensa que el dolor será terrible, pues casi enseguida se lamenta de no haberse presentado antes. Se arrepiente de no haber desobedecido a Madam y haberla visitado al cabo de los primeros seis meses, pues tal vez habría podido ayudar de alguna manera para evitar que...

No obstante, es la misma magia que consigue que dos amigas separadas en el amanecer de la vida se reúnan en el ocaso, la que consigue el último milagro de aquella cabaña en el fin del mundo. Pues Daniel observa a Madam como si estuviera dormida, aunque su cuerpo haya expirado el último aliento meses atrás. Y es eso lo que consigue que sus ojos se aneguen pero su sonrisa se conforme entera.

Y toma el libro de Jack London que aún apresan las manos de su amiga para devolverlo al librero donde cientos y cientos de volúmenes hacen la guardia de honor.

Y pasea la mano con cariño sobre todos aquellos ejemplares que, sobre el tercer estante, celebran la vida de una sola persona.

Sin imaginar siquiera que, por la misma magia que le permite escuchar a lo lejos que alguien tararea una canción de Los Beatles, ese mismo librero, en un plano donde el sol brilla todos los días, está libre de historias pero pleno del tiempo y la memoria de dos chicas que envejecieron juntas.

Se trata de una canción de los primeros años del cuarteto de Liverpool, qué cosa más extraña, Daniel está seguro de que lo ha imaginado.

Resuelve que no hay mejor mortaja ni más digno sepulcro para Madam que aquel que ahora la cobija.

No dice nada. No toca nada. Se dispone a marcharse.

Una lechuza gris se posa brevemente en la terraza.